花歌舞伎徒然草

❖はなのかぶき
よもやまばなし

夢枕獏◉著
萩尾望都◉絵

河出書房新社

桜の森の
満開の下
怪談牡丹
幻想神空海
色悪
天の川
コクーン歌舞伎

花歌舞伎徒然草《はなのかぶきよもやまばなし》

◉目次

花歌舞伎徒然草

はなのかぶき
よもやまばなし

第一部 ❖ 花歌舞伎徒然草《はなのかぶきよもやまばなし》

花の速度をもつ人

静止という肉体の動きが、なんと豊饒なものであるかということを知ったのは坂東玉三郎の舞台を観るようになってからであった。

たとえば坂東玉三郎の『鷺娘《さぎむすめ》』を観た時や、清元《きよもと》の『夕霧《ゆうぎり》』を坂東玉三郎が踊るのを観た時などがそうだ。踊りだけではない。舞台で坂東玉三郎が、手をもちあげて、その指が一瞬止まった時——

その静止の中に、もう、次の動きのための新しい創造が、肉体の宇宙の中で始まっているのである。

『夕霧』で、座していた坂東玉三郎が立ちあがる。頸が動いて、左手が動いて、指先が動いて、視線が動いて、頸が傾き、背を反らせて、指先が裾をつまんで、止まる。

ああ、なんという凄い空間を、この人は創造するのだろう。姿かたちだけではない。その時、やや斜め下に向けられた視線が、背を反らすというあやうい宇宙になんとも言えないバランスを醸し出しているのである。

『楊貴妃《ようきひ》』では、

〽そよや霓裳羽衣曲《げいしようういのきよく》
そよや霓裳羽衣曲

扇を持った立ち姿で一瞬静止する。

その静止の間に、ダンサーの肉体の中に何かの力が満ちてゆく。それは、たとえば、花を咲かせようとする力と等質のものだ。それが、肉の中に満ちて、今まさに身体《からだ》からあふれ出ようとする時に、肉体が一緒に動き出すのである。

そういう、花の咲くというような、たとえば大輪の牡丹の花が、その花びらをゆっくりと広げてゆくのを見るような、そんな力と速度を、坂東玉三郎は、自らの肉体を使って舞台の上で具現化するのである。

こんなことができる踊り手は、そう何人もおりませんよ。

ぼくが初めて坂東玉三郎の舞台を観たのは、一九九〇年の二月——今からざっと二十七年前のことである。ぼくが三十九歳の時だ。

その前年がベルリンの壁が崩壊した年で、ぼくは海外で年を越している。ルーマニアのチャウシェスクが、銃で殺されたニュースをフランスで聞き、今は故人である友人の立松和平のパリ・ダカールラリー出発をパリで見送り、その後、ドイツへ行って、崩壊したベルリンの壁を叩いてきた。一度や二度の人間の力ではコンクリートの壁はびくともせず、何度も叩いてようやく小さなかけらが出た。このかけらをポケットに入れて、ペレストロイカまっただなかのモスクワへゆき、ここで、アントニオ猪木のプロレスを観てきたのだった。

世界も日本も、ぼくも、おおいに混乱して混沌としているそういう時期に、ぼくは初めて坂東玉三郎の舞台を観たのだった。

場所は、歌舞伎座ではなく新橋演舞場である。演目は有吉佐和子の『華岡青洲《はなおかせいしゅう》の妻《つま》』である。

華岡雲平・華岡青洲——市川團十郎（十二代目）

母於継《おつぎ》——杉村春子

妻加恵《かえ》――坂東玉三郎

門人米次郎――中村橋之助（現芝翫《しかん》）

この舞台を観ていなかったら、ここで坂東玉三郎という役者に出会っていなかったら、ぼくは、今、たぶんここでこのような連載をもつことはなかったろうと思う。

玉三郎さんの舞台は、衝撃的であった。

ぼくは、花道近くで芝居を観ていたのだが、この花道を、本舞台から坂東玉三郎が移動してくるのである。人が移動してくるというよりは、しんしんと張りつめた何ものかというか、音のない音楽に満たされた空間が、こちらへ向かって動いてくるのである。その速度が、生身の肉体が作り出しているとは思えないようなものだったのである。

だから、ぼくは、まず坂東玉三郎という役者を観たくて、その後、歌舞伎座へも足を運ぶようになったのである。足を運んでいるうちに、だんだんと歌舞伎も好きになっていったという、そういうことだったのである。

この時、一緒に観に行ったメンバーが、絵師の天野喜孝と、編集者の安藤和男であった。

「玉三郎さんの舞台を一度観ておくべきですよ」

と、天野さんに誘われて、足を運んだのである。

天野さん、安藤さん、玉三郎さんはすでに知り合いで、楽屋をお訪ねする時に、ぼくも交ぜてもらって、初めて玉三郎さんと対面したのである。これがご縁となって、この後何度も楽屋へお邪魔する機会を得たのだが、そのたびに、なんだかずいぶん失礼なことを口走ったのではないかと、これを書いていても汗が出てくるのである。

ともあれ――

この最初の舞台を観て、家に帰る時にはもう、何か書きたくてたまらなくなっていたのである。

ぼくが、歌舞伎の台本を書いて、天野さんが舞台のデザインをして、玉三郎さんがそれを演ずる——そんなことが実現したら凄いなと。

今であったら——

「おいおい、そんな夢のようなことを考えるのはやめておけよ」

という心の声に断念していたかもしれないが、この当時はまだぼくもぎりぎりの三十代で、こわいもの知らずというか、世間のことがよくわかっていなかったというか、ダメもとでその台本を書き始めてしまったのである。

タイトルは『三國傳來玄象譚《さんごくでんらいげんじょうばなし》』。

当時、すでに書き始めていた小説『陰陽師』をもとにした安倍晴明が出てくる物語である。

『今昔物語集』の中に、晴明とは同時代人の源博雅という音楽家が、琵琶の玄象を鬼から取りもどす話がある。

ある時、帝が大切にしていた、唐から渡ってきた琵琶の玄象が盗まれてしまったというのである。誰が盗《と》ったのかわからない。いったい何者が盗んでいったのか。

宮中でみんながそれを噂しあっているある晩——

源博雅が宿直《とのい》をしていたというのである。すると、どこからか琵琶の音が響いてきた。

「これは、盗まれた帝の琵琶玄象の音ではないか」

博雅が外へ出ると、音は南の方から聴こえてくる。

「応天門、朱雀《すざく》門のあたりか」

と思って南へ下ってゆき、応天門までくると、さらに南から琵琶の音は聴こえてくる。朱雀門までゆくと、またさらに南から玄象の音は聴こえてくる。こうして、朱雀大路を南へ南へと下ってゆくうちに、羅生門までたどりついてしまった。はたして琵琶の音は、羅生門の上から聴こえてくる。何者かが、門上で玄象を弾いているらしい。

「これは定めて鬼のしわざに違いない」

と、博雅が思ったのには、幾つかの理由がある。都の入口とも言うべき羅生門には、門の上にあがるための階段というものがない。そのため、通常は誰であろうと門の上にはあがれない。つまり、門の上の空間は人のいない異界である。だから門上に棲むものは昔から鬼と決まっているのである。

もうひとつは、鬼というものは芸術が好きで、文人や歌人など芸に秀でた人間と詩や歌や音楽を交感しあうということがよくあったのである。鬼と双六《すごろく》をしたという紀長谷雄《きのはせお》がそうだし、博雅自身が、朱雀門の鬼と、ひと晩笛を吹きあわせて、別れる時、互いに持っていた笛を取りかえた。博雅が持っている葉二《はふたつ》という笛は、この時鬼からもらったものだ。芸術家という生きものは、すでに半分鬼であり、だからこそ鬼と心を通じあうこともあったのであろう。

だから、風流な芸術家肌の鬼が、琵琶の名品である玄象を盗んで、夜な夜な門上の異界でこれを弾くというようなこともよくあったのではないか。

「もしもし、今あなたがそこでお弾きになっているのは、帝の琵琶の玄象ではありませんか――」

博雅は、門上に声をかけた。

すると、琵琶の音が止んで、ほどなく、ひもで結ばれた玄象が、門上からするすると降りてきたというのである。

ここで肝心なのは、博雅は鬼に向かって琵琶を返してほしいとはひと言も言っていないということだ。博雅は、鬼と闘っていないのである。

「貘さん、我々のやっていることは、まさにこれなんですよ」

と言ったのは、臨床心理学者の故・河合隼雄《はやお》である。

「自閉症の子どもがいて、心がここにない。これは、琵琶という楽器、音楽を鬼にもっていかれてしまった状態なんですね。この心という音楽を取りもどすために、我々は鬼と闘ってしまってはいけないんです。我々は源博雅にならなければいけない。待つ。すると、ある時、鬼がふっと音楽を返してくれる瞬間があるんですね」

このようなことを河合さんはおっしゃっていたことがあって、そのことをお書きにもなっている。

そんなこんなで、ぼくはこのエピソードが大好きで、ぼくの『陰陽師』の第一話は、この玄象の物語から始まったのである。

『陰陽師』を歌舞伎にするなら、このエピソードがいいと考えて、ぼくは、この生まれて初めての歌舞伎台本を書き出すことになったのである。

一年、かかった。

結局、この話は板にのることになったのだが、当時、台本などほとんど書いたことがなかったので、大学時代の恩師や、歌舞伎の好きな友人や、小学館のIさん、さまざまな方にお世話になってしまった。いちばんお世話になったのが、玉三郎さんであったのは言うまでもない。

思えばあれから二十七年の歳月が過ぎており、今また、当時のことを思い出して、これを書いている。

まことに、歳月と縁《えにし》の不思議を思わずにはいられない。

『盟三五大切《かみかけてさんごたいせつ》』の謎

『盟三五大切』という、四世鶴屋南北の書いた芝居がある。

初演は文政八（一八二五）年で、小屋は江戸中村座。南北七十一歳。『東海道四谷怪談』の後日譚であり、『仮名手本忠臣蔵《かなでほんちゅうしんぐら》』の外伝でもある。今風に言うならスピンオフ作品である。さらに書いておけば、これは、それより三十一年前、寛政六（一七九四）年に、大坂道頓堀の中の芝居で初演された並木五瓶《ごへい》作『五大力恋緘《ごだいりきこいのふうじめ》』を原作として、南北がリメイクした作品といってもいい。

黒澤明監督の『七人の侍』が、ハリウッドで『荒野の七人』になったのもこのリメイクであり、なんと、歌舞伎では江戸の頃からリメイク作品を作っていたのであると大文字で書きたいところなのだが、実はこれ、物語の多くがそうであるし、『今昔物語集』や『宇治拾遺物語』の中にも、天竺や中国の話のリメイクっぽい話がある。『宇治拾遺物語』の中には、『今昔物語集』の話のリメイク作品といってもいいような話が（無理にこじつけなくとも）たくさんあるのは多くの人の知るところである。

芥川龍之介は、両書の中の説話をリメイクして『鼻』という傑作を書いているし、ぼくも、『陰陽師』の中で『今昔物語集』のリメイクをやっている。

どこかの学者が、物語というのは、構造的に十八パターンしかなく、どんな小説も物語もそのどれかにあてはまると言っている（らしい）ことから考えれば当然のことなのだが、しかし、ここでは『盟三五大切』のことだ。

『盟三五大切』の原作とも言うべき『五大力恋緘』だが、この作品にもネタもとがある。それは、元文二（一七三七）年の夏に、大坂でおこった「五人切り」と呼ばれる事件である。薩摩藩士の早田八右衛門が、女ふたりの首を切り、男の脇腹をめった刺しにして、合わせて五人を惨殺した事件があった。この事件をもとにして、並木五瓶が『五大力恋緘』を書いたのだ。

この作品は評判を呼んで、江戸でも上演されることになり、作者の並木五瓶は、大坂から江戸へ下《くだ》った。その時の下し金——つまり契約金が三百両であったと、古井戸秀夫が記している。

この『盟三五大切』が、一九九八年九月に、渋谷のシアターコクーンで、「コクーン歌舞伎」として上演されたのである。

薩摩源五兵衛（実ハ不破数右衛門）と船頭笹野屋三五郎（実ハ徳右衛門倅《せがれ》千太郎）を、五代目中村勘九郎（十八代目勘三郎）、三代目中村橋之助（現芝翫《しかん》）が、交互に演じた。

芸者の小万（実ハ神谷召使お六）を中村福助が演《や》り、中村獅童《しどう》が船頭お先の伊之助を演り、六七八《ろくしちはち》右《え》衛門《もん》が二代目中村勘太郎（現勘九郎）、富森助右衛門が坂東彌十郎。道具屋やらずの弥十を笹野高史が演っている。

脚本と演出は串田和美。

かなり豪華なメンバーといっていい。

一九九四年に始まったコクーン歌舞伎の三作目で、一作目の『東海道四谷怪談』がやたらとおもしろかったことから、ずっと通い続けてきた公演であった。

さて——

『盟三五大切』の謎とは何か。

その謎のことをぼくが知ったのは、シアターコクーンのロビーでのことであった。

コクーン歌舞伎のおもしろい試みとしてやられていたのは、ロビーを江戸の街と見立てて、そこに江戸の頃の店があったり、江戸の衣裳を着た役者が歩いていたりすることだ。

そのロビーに、瓦版屋（だったと思う）の衣裳を身につけた笹野さんがいて、

「このお話のお題『盟三五大切』には、不思議な謎があって、この謎を解いた方はノーベル賞がもらえますよ」

と、にぎやかにお客に語っていたのである。

どういう謎か。それは、小万の腕に彫られる「三五大切」の入れ墨のことだ。

笹野屋三五郎といい仲の芸者小万の腕にはもともと〝五大力〟の彫り物があった。

それは、源五兵衛に心中立てして彫ったことになっているもので、これについては並木五瓶自身が、晩年に著した『誹諧通言』の中で書いている。

それはもともと、大坂の南にある島の内の遊女たちの習俗であったという。

〝五大力、住吉奥の院の天部の神なり。遊女、客の方へ遣《や》る文《ふみ》の封じ目に是《これ》を書《かく》なり〟

遊女が、客に出す文の封じ目に書く言葉が「住吉の神」である〝五大力〟であったというのである。これがあったからこそ、舞台が江戸の深川に移しかえられてはいるが、小万が源五兵衛への心中立ての証《あかし》として〝五大力〟の文字を腕に彫るという意味が、観客にも伝わるのである。

問題は、この彫り物に、三五郎が、あらたに「三」という文字と「七」という文字を書き加えてしまうことである。

すると——

「五大力」が、「三五大切」と読めるようになってしまうのである。

これによって、源五兵衛が、小万が本当に好きだったのは三五郎であり、自分がだまされていたことに気づくことになるのだが、ここに、ちょっと無理があるのではないかと、笹野さんは言うのである。

つまり「五大力」に「三」と「七」を書き加えたら、「三五大切」とならなくてはいけないのに、何故「三五大切」なのか。「切」が「切」になってしまっているではないか。

「何故か」

と、笹野さんは言うのである。

たしかにそうである。

南北もリメイクする時、それは承知している。しかし、彫り物にあらたに文字を書き加え、それが物語に重要な展開をもたらすというこの仕掛けは、多少の無理があっても、

「ぜひとも使いたい」

と鶴屋南北は思ったにちがいない。

その気持ち、よくわかる。

そもそも、江戸に出てきた並木五瓶が、『五大力恋緘』を都座で上演する時に、脚色を手伝ったのが若き南北であった。この仕掛けを使うからこそ、『盟三五大切』がリメイク作品として生きてくるのは言うまでもない。

「そのくらいの細かいところは、お客さん目をつぶってくださいよ。その方が、江戸の人間として粋ですぜ」

そう言いたかったと思う。黙ってとぼけてしまえばそれですむんじゃないの。しかし、ほんの少し、ここに何かの謎は入れておきたい——南北、にやりと笑ってそうも考えたのではないか。

うーん。

これが、〝ノーベル賞をもらえる〟『盟三五大切』の謎であった。

おもしろそうだったので、家に帰ってからぼくはこの謎解きをはじめたのだった。

江戸の戯作者鶴屋南北が突きつけてきた謎に、現代の戯作者が挑戦するというのにもわくわくしたからだ。

まず、この謎について、誰か答えを見つけた者がいるのかどうか。いない。少なくともぼくの調べた範囲では見つからなかった。

最初にぼくが考えたのは、「五大力」と「五人切り」であった。「五人切り」の「人」に、剣を表す「一」を書き加えると、「五大切」になるからだ。なんとかこれで、秘密が解けそうであったのだが、できたのはそこまでで、その後のロジックが展開しないのだ。「三」と「五」の間に「死」を入れて、「大」を「六」と読ませれば三四（死）五六（大）七になるのもおもしろいが無理がある。

やがて、ぼくがたどりついたのは「盟」という文字であった。

盟は「めい」と読み「盟約」の「盟」であり、「ちかう」「ちかい」という意味であるから、この「盟」を「かみかけて」と読ませるのは、歌舞伎のタイトルを作る時の文法から言えば、あり、である。ありであるがどこか不自然な響きがある。それならどうして「かみかけて」ではなく「かみにかけて」としないのか。

むーん。

と、この文字をずっと睨んでいたら、気がついた。この「かみかけて」は、実は掛け言葉で、実はふたつの意味、

「神かけて」

「上欠《かみか》けて」

と読めるのではないか。

つまり、「五大力」の「力」の上の部分を欠けさせて「刀」と読ませるために、あえて「盟」の漢字を使って、それを「かみかけて」と読ませ、「上欠けて」の意味をもたせたのではないかとぼくは考えたのである。

これだ。

これに違いない。

あれから十九年――

他の誰かが、これについてあらたな答えを考えついたという話は（もしかしたらどこかでどなたかが書いているのかもしれないが）、寡聞にしてぼくはそれを知らないので、本日、あえてここに発表させていただく次第なのである。

ちなみにこのコクーン歌舞伎、五代目勘九郎さんの死後も続いていて、二〇一六年にも、第十五弾の『四谷怪談』が上演されている。

お岩――中村扇雀《せんじやく》
民谷《たみや》伊右衛門《いえもん》――中村獅童
直助権兵衛《なおすけごんべえ》――中村勘九郎
お袖――中村七之助
他に、片岡亀蔵、笹野高史
演出、串田和美

まだまだ進化を続けているようで、今や完全にあらたな歌舞伎の拠点として定着したのではないか。

いや、もう、とっくにそうなっているか。

『三國傳來玄象譚《さんごくでんらいげんじょうばなし》』の語《こと》

押しかけ同然で、坂東玉三郎にぼくが歌舞伎の台本を書いたことは、すでにこの連載の一回目で書いている。

書きはじめたのが、二十七年前、一九九〇年の三月で、歌舞伎座で上演されたのが、一九九三年の十月である。足かけ四年かかったことになる。

資料を引っぱり出してみると、当時の筋書《すじがき》に、そのことをぼくが書いている。

初稿完成までに、一年くらいかかったのではないか。

時間はかかったが、楽しくておもしろい作業であった。

まず、書くのはいいが、歌舞伎の台本というものを、これまで書いたことがなかったので、右も左もわからない。一行目を書く時、小説ではひとマスあけることになっているのだが、歌舞伎台本の場合はどうなのかということがわからない。「ト書き」は、前後に一行あけるのかどうか、台詞と「ト書き」の書き出しの「頭」の部分は、高さを揃えるのか、分けるのか。

まずは、東京創元社で出している『名作歌舞伎全集』全二十五巻を買い込んで、そのスタイル、形式から調べてゆかねばならなかった。

続いて三島由紀夫の『熊野《ゆや》』、『地獄變《じごくへん》』を読み――その宝石のごとき言葉に圧倒されてしまった。これにはびびりましたね。本当に、この自分に、歌舞伎の台本が書けるのだろうか。

玉三郎さんから台本をいただいたりして、結局わかったのは、案外に自由ということであった。とりあえずは、わかりやすく。

この時お世話になったのが、大学時代の恩師である故・堀越善太郎先生であった。堀越先生は、古典芸能についてはいろいろとご存じで、能のほうでは評なども書いておられ、歌舞伎座には毎月通われていて、実は学生時代に一度だけ、堀越先生に連れられて、歌舞伎座まで足を運んだりしたこともあったのである。お酒の席で、酔った時など、当代尾上菊五郎の声色で、『白浪五人男《しらなみごにんおとこ》』浜松屋見世先の場の弁天小僧の名ゼリフ、

「知らざあ言って聞かせやしょう。浜の真砂《まさご》と五右衛門が歌に残せし盗人の――」

これをやったりするのがお好きな方であった。

卒業して十七年もたっていたのだが、まずはこのご縁で堀越先生に相談をすることにした。鎌倉に住んでいらっしゃったので、お宅まで出かけてゆき、

「歌舞伎の台本を書くことになったのですが――」

と話をすると、

「いくらでも協力しますよ」

と、おっしゃってくださったのをいいことに、この時から月一回の鎌倉通いが始まったのである。

たいへんにありがたかったのは、堀越先生のお宅には、歌舞伎のビデオが大量にあって、いつでもそれを観ることができたことだ。

たとえば――

「この場面転換は、あさぎまくふりおとし、でいくのがいいんじゃないか——」

と、堀越先生が言うのである。

「なんですか、そのアサギマクフリオトシというのは?」

ぼくが訊く。

「浅葱幕《あさぎまく》振り落としというんです」

そう言って、堀越先生がビデオをセットして、そのシーンを見つくろって、いくつか見せてくれる。

大薩摩《おおざつま》があって、浅葱幕が振り落とされると、目の前に新しい風景が飛び込んでくる。それが桜満開の南禅寺山門。目の玉をひっぱたかれたよう。

「これ、いいですね。ぜひ、そうしましょう」

という具合で話が早い。

ぼくが台詞で考えあぐねていると、

「歌舞伎の台詞はいいかげんがいいんです」

と堀越先生が言う。

「いいかげん?」

なんてことを言うのだろうと思っていると、

「ほどのよいかげんのことです」

堀越先生がめったに言わないギャグであったとわかる。

このようにしてぼくをリラックスさせてくれるのである。

浄瑠璃、清元《きよもと》、長唄、義太夫《ぎだゆう》の違いなど、どこがどうなっているのか、このような用語にしてさえよく理解できていなかったぼくに、色々教えてくださったのが堀越先生であった。

まことにお恥ずかしい限りの状態で、歌舞伎の台本を書きはじめたということである。

玉三郎さんにも、お世話になってしまった。

一年くらいで書きあげて、読んでいただいたら、

「書きなおしていただけますか」

と言われて、実はこれはたいへんに嬉しかった。

押しかけの台本を読まされて、これが面倒なことであったら、適当に返事をしてお茶を濁すこともできるし、よい出来でなければ、できませんと断ることだってできるのである。それを、書きなおしてほしい、ということは、

〝よいものになったら演《や》りましょう〟

ということであるからだ。

この時に、玉三郎さんからアドバイスをいただいたのだが、それは、ぼくにとっては衝撃的な事件であった。

それは、今でも覚えている。

『三國傳來玄象譚』は、『陰陽師』の話であり、琵琶の玄象が鬼に盗まれ、それを、安倍晴明と源博雅が取りもどす物語である。

琵琶を盗んだのは、天竺からやってきた女の鬼で、名を沙羅姫という。この子どもが、あの蟬丸法師であるという設定である。

初稿では、蟬丸が、花道を通って晴明の屋敷を訪ねてくる。

蟬丸が屋敷にあがって、博雅と晴明のやりとりがしばらく続くのだが、玉三郎さんは、

「蟬丸をやる役者さんがかわいそうである」

と言うのである。

どういうことか。

この時、蟬丸にしばらく台詞のない状態が続くのだが、この間、蟬丸は台詞のない状態でずっと舞台上にいなければならない。それが〝かわいそうである〟と。

「台詞を入れるか、何かのきっかけを作って、奥へ引っ込めてやってくれませんか」

もうひとつ――

晴明、博雅、蟬丸がいるところへ、沙羅姫と眷属《けんぞく》である羽黒がやってくる。

これを枝折戸《しおりど》のところで晴明が出迎えて、しばらくそこで三人のやりとりが続く。

「ここは、きっかけを作って、舞台の中央へ場面を移動させてくれませんか――」

もちろん、理由がある。

枝折戸というのは、たいていが、舞台下手《しもて》側にあり、そこでドラマが進行するということは、真ん中や上《かみ》手《て》側にいるお客さんに対してもうしわけがないということなのであった。

この二点について言われた時、なるほど、というよりは、

「あっ」

と声をあげるほどに驚いた。

ぼくはまるでそのあたりまえのことに気づいていなかったのだ。

たとえば、小説では、何人かがその場面にいたとしても、ひとりの登場人物が、ずっとしゃべり続けることがある。この時、

〝他の登場人物の台詞がないので、かわいそうだから奥へ引っ込める〟

という発想は、小説にはないのである。

そして、小説における中心は、そのつど、そのつどのシーンで会話がなされている場所であり、枝折戸のところで物語が進行したってかまわないのである。

しかし、舞台は違う。生身の役者が演じていて、上手も下手も、中央も——つまり空間的な中心と端が、観客の前には常に存在しているのである。

笑わないでいただきたい。ぼくは、本当にこんな初歩的なことも、言われるまでなんにも気づかなかったのである。なんと、ぼくは、歌舞伎の台本を書くことによって、自分のやっている小説というジャンルの特殊性にも気づかされたのである。

そして、もうひとつ——

歌舞伎のタイトルだが、例外はあるにしても、だいたいが、一文字、三文字、五文字、七文字といった奇数でできているということも、台本を書くまでぼくは知らなかったのである。

この時、歌舞伎台本を書いた日々は、今思えばなんと楽しい日々であったことか。

もしも、この時期、坂東玉三郎という役者に出会わなかったら、歌舞伎を書かなかったら、今のぼくは今いるこの場所に立っていなかったのではないか。それは、間違いなく言えることだと思う。

『三國傳來玄象譚』は、何度か書きなおされ、最終的には、玉三郎さんに手を入れてもらって、舞踊劇として歌舞伎座で上演された。

ちなみに、配役は——

羅城門の鬼女実は沙羅姫——坂東玉三郎
安倍晴明——三代目中村橋之助（現芝翫《しかん》）
源博雅——坂東彌十郎
蟬丸——五代目中村勘九郎（十八代目勘三郎）

であった。

文楽座連中として、浄瑠璃が豊竹咲太夫《とよたけさきたゆう》、三味線が鶴澤清介。

この時に、咲太夫さんの声が好きになって、時折その声を聴くために、文楽に足を運ぶようになったのも、この時のご縁があったからである。

繰り返すが、坂東玉三郎との出会いは、とても大きなものを、ぼくにもたらしてくれたのだと、今あらためて思うのである。

釣りと九代目團十郎

歌舞伎で釣りというと、どうしても、ぼくは『東海道四谷怪談』の「砂村隠亡堀《おんぼうぼり》の場」を思い出してしまうのだが、他に何かあったかというと、これが、ちょっと出てこない。

江戸時代は、ある意味では釣りの時代と言ってもよく、武士も町人も江戸浦などでよく釣りをした。もう少し、歌舞伎に釣りの場面があってもよさそうなものなのだが、知っている方があったらぜひ教えていただきたいところである。

さて、隠亡堀——

おなじみ民谷伊右衛門《たみやいえもん》が、ここで釣りをしている。

釣り竿を出して、直助《なおすけ》から火をもらって、本人は呑気に煙草を吸っている。

これは竿を手で持たない置き竿の釣りである。エサは、おそらくミミズと思われるのだが、浮子《うき》がついていれば浮子釣りである。オモリでエサを底まで沈めて釣る場合は浮子はいらないが、いずれにしても、水の流れはほとんど無いといっていいだろう。だから、置き竿にして、のんびり煙草などを吸っていられるのである。川の流れがあったら、エサを常に上流へ何度も振り込まねばならないので、煙草を吸っているどころではなくなってしまう。

この置き竿に喰いついてくるのが鯰《なまず》である。

伊右衛門ここでよろこんでいる。

でかい鼠が赤子をくわえていったりするのを見たり、お岩のむごたらしい屍骸《しがい》を何か月か前に見たばかりであるというのに、ここでよろこんでしまうところが、釣りをする者の性《さが》であろう。しかもかなり不気味なのは、あげた竿についてきたのが、大きな鯰であったというところである。のたくる鯰は見方によればなかなか醜怪なしろもので、これを押さえるのに、お熊が立てていった卒塔婆《そとば》を使うところがなかなかよくできている。釣れたのが、鮒や鯉であれば、卒塔婆を使う必要はない。

「逃げるワ〳〵」

と、手からぬらぬらと逃げようとする鯰を捕まえようとする。

鯰であればこそ、押さえるのに卒塔婆を使うわけで、その卒塔婆を捨てたところ、気を失っていたお弓に当たって、お弓が気がつき、

「ヤヽ、卒塔婆に記せし戒名の、下に俗名民谷伊右衛門。そんならもしや、父《とと》さんと娘を殺したる、民谷はこの世を――」

という台詞につながってくる。

ただの釣り場面ではなく、鯰の醜怪さから卒塔婆、お弓と、釣りが物語にきちんと絡んでくる。

作者の四世鶴屋南北、かなり釣り竿を握ったことのある人物と見た。

これが初めて上演されたのが、文政八（一八二五）年七月二十七日の江戸中村座。この時、伊右衛門を演《や》ったのが、七代目市川團十郎である。

で――

九代目の市川團十郎が、釣りが好きであったという話だ。

浮世絵がある。明治二十九（一八九六）年、豊原国周《くにちか》の筆によるものだ。三枚続きで、画中に「品海の釣魚」とあるから、品川沖での船釣りを描いたもので、この船に五人の人間が乗っている。團十郎は、一番左の一枚に描かれていて、舳先《へさき》に座している。二枚目に無名氏がいて、その横に團十郎の弟子の市川團七がいて、右手に持った竿があがっていて、その糸の先にカイズらしき魚が躍っている。その後ろに弟子の四代目市川升蔵と、堀越の印半纏《しるしばんてん》を着た船頭がいる。竿を握っているのは、團十郎、團七、升蔵で、絵をよく見ればこの三人がゲストであるというのが見えてくる。團十郎の次、二番目にいるのは、船頭の助手といったところであろうか。案外、これは、團十郎とは馴染みの竿師、三代目泰地屋《たいちや》東作が、團十郎の面倒を見るために乗ったものかもしれない。

明治の中期から後期、この三代目東作と、初代竿忠、初代竿治が、竿師としては有名で、三名人と呼ばれていた。

團十郎が懇意にしていたのが、三代目東作で、六代目東作の故・松本三郎氏が語った『江戸和竿職人 歴史と技を語る』（平凡社）によれば、野布袋《のぼてい》（自然に生えている布袋竹《ほていちく》）の矯《た》めが天下一品というから、腰の強い、実釣向きの竿を作るのが上手だったのであろう。

同氏によれば、今でも語り草になっているのが、三代目の作ったたなご竿だという。仕舞い込み寸法六寸（約十八センチ）、三十五本継ぎ。三十六本継ぎという説もあるが、長さ二間《けん》半（約四・五メートル）。九代目團十郎のために作った竿であるという。

この竿、共に團菊左時代を作った五代目尾上菊五郎の息子、やはり大の釣り好きである六代目菊五郎の手に渡って、六代目は、この竿を死ぬまで大切にしていたという。もしかしたら、この竿、当代菊五郎さんのお宅に残っているかもしれない。

タナゴという魚は、今でこそ観賞用の魚として貴重な魚種となっているが、そもそもは雑魚であって、何

たなご
たなご竿三十五本継ぎ

種類かいるが、どれも小さい。その小さな魚を、金のオモリを使い、女性の髪の毛をミチイトにして釣るというのが江戸の頃から、粋な遊びとして流行ったのである。荒事の得意な家に生まれた團十郎が、この小さな魚を釣って遊んでいたという姿に、ぼくなどはおもしろみを感じてしまうのである。

「うちの三代目と団十郎さんとはたいへん懇意で、一時は、年のうち半分ぐらいは団十郎さんの屋敷へ行って竿を作ったり、直しや手入れをしていたんですよ。専属みたいなかたちでね」

と、前述の本の中で、松本さんが語っているので、よほど親しかったのであろう。

そこから考えても、團十郎の船に、三代目東作が乗っていることは、少しも不自然なことではないのである。

そこで、さきほどの絵にたちもどると、いくつかおもしろいことが見えてくる。

團十郎、團七、升蔵の三人が竿を握っているのだが、なんと釣れているのは弟子の團七ただひとりである。これが、釣りのおそろしいところで、会社の社長よりも先に、部下の平社員が、どんどん魚を釣って、肝心の社長がなかなか釣れないということが、ごく自然によくおこってしまうのである。

「釣れた、また釣れてしまいました」

とはしゃぐ平社員の前で、だんだん社長の口数が少なくなってゆくということがしばしばあるのだが、この絵も、深読みすれば、このようなことが見えてくる。

團十郎は、わざと團七を無視するかのように、竿を右手に持ったまま振り返り、東作（と覚しき人物）に声をかけている。

東作は東作で、この時、不思議な動作をしている。何か、白っぽい頭巾のようなものを手にして、これを冠《かぶ》ったほうがいいですよ、と團十郎に声をかけているようなのだ。

「なら、ちょいとそれを貸してくれないか」

團十郎はそう言っているようである。

ではいったい、この頭巾は何かというと、日よけのために冠るものらしい。

團十郎、釣りが好きであったが、本業は歌舞伎役者である。いくら白塗りをするにしても、日焼けした黒い顔で舞台にあがるわけにはいかないので、頭巾を冠って釣りをしていたらしい。描いた国周、そのあたりの事前取材をきちんとしていたということなのであろう。

「この頭巾は団十郎頭巾といって、団十郎が発見したような事をいう人があるそうですが、これは何も団十郎が始めたというわけではありません。私達の仲間の者はよく冠っていたものです。また団十郎の頭巾は黒頭巾だという事も、そうばかりではありません。吾々同様の黄木綿を冠っていました」

『河と海』の昭和八（一九三三）年二月号で、田中義雄氏（順天堂病院の寄生虫の権威）が、このように言っていたと、『江戸時代からの釣り』（新日本出版社）の中で、永田一脩《かずなが》氏が書いておられる。

しかし、九代目團十郎、どうしてこのような釣り好きとなってしまったのか。

三代目東作によれば、そもそも團十郎が好きであったのは、銃を使った猟であったという。

ある時、鴨か何かをねらって團十郎が撃った弾が、船の上で飯を食っていた船頭のお櫃《ひつ》に当たってしまったというのである。

これはあぶない。

もしも船頭に当たって死んでしまったら、現代であれ、明治であれ、大事故であり、役者生命はそれでおしまいになってしまう。

「ならば、鉄砲を釣り竿に持ちかえるか」

ということになって、釣りをはじめたら、猟以上にのめり込んでしまったということらしい。

で、四代目東作のところに、六代目菊五郎がやってきたのを、六代目東作の松本氏は目撃している。

氏が子どもの頃「ソフト帽をかぶってマスクをした、もじりっていう角袖の外套《がいとう》を着たお客」がやってきて、

「まあちゃんいるかい、寺島だけど」

と声をかけてきたというのである。

この寺島が、なんと六代目菊五郎であったというのである。

四代目東作の本名は「政次郎」である。だから〝まあちゃん〟。

四代目東作のことを本名で、しかも愛称で呼ぶほど、ふたりは親しかったというエピソードである。

当時では、幸田露伴という文士が釣り好きで知られていた。

この露伴が『幻談』（岩波書店）の中で、

「成田屋が今の（七代目松本）幸四郎、当時の（四代目市川）染五郎を連れて釣に出た時、芸道舞台上では指図を仰いでも、勝手にしなせいと突放《つっぱな》して教えてくれなかったくせに、舟では染五郎の座りようを咎《とが》めて、そんな馬鹿な坐りようがあるかと激しく叱ったということを、幸四郎さんから直接に聞きましたが」

このように書いているというから、團十郎、よほど釣りが好きだったのであろう。

摩《ま》多《た》羅《ら》神《じん》あれこれ

摩多羅神という奇妙な神の名前を初めて耳にしたのは、三十年以上も昔のことである。密教の本を作ろうということで、二年くらいをかけて、日本のあちこちを中沢新一さんとふたりで旅をして歩いたことがあった。

ある時、比叡山に登った。

空海が日本にもたらしたのは真言密教で、その本山は高野山である。同じ時期に最澄が日本にもたらしたのが天台密教で、通常は台密《たいみつ》と呼ばれている。その台密の取材で、最澄の開いた比叡山に登っていたというわけなのである。

比叡山には、全山のいたる所に寺院、堂があって、我々はそれらをひとつひとつ巡って歩いていたのだが、ある場所にさしかかった時、ふいに中沢さんがこう言ったのである。

「常行堂《じようぎようどう》ですね。お坊さんが常行三昧の行をするところですね。後戸《うしろど》の神が祀られているのがこの常行堂ですよ」

続いて、中沢さんは、おそるべきことを口にしたのである。

「この常行堂、本尊は阿弥陀如来なんですが、後戸の神というのが本尊の裏側に祀られていて、その神の名前が、摩多羅神というんです」

〝またらじん〟

その名のなんと妖しい響きの神であろうか。

結局、気がついたら、書き手としてのぼくの半生は、この摩多羅神を追いかける旅であったのだなと、今さらながらしみじみつくづくと、この三十年余り前のできごとを思い出している今日この頃なのである。

ぼくは、世間で言うところの伝奇小説というものを、二十代の頃からいまだに書き続けているのだが、この伝奇小説を書くという行為は、煎じ詰めれば、日本人とは何かということをさぐる旅そのものであり、日本の古層の神は何であるかを問う旅であったというのが、この道で四十年書き続けてきたぼくの実感である。

そうして、六十歳を過ぎ、ようやくぼくは縄文というものにたどりついたのだが、ぼくにとって、この縄文と現代をつなぐのが、この摩多羅神であったのである。

で、この摩多羅神、歌舞伎といったいどういう関係があるのか、ということなのだが、実はあるのである。

摩多羅神は、芸能の神であり、猿楽の神であるからである。

歌舞伎評論家でもあった故・服部幸雄氏が著書『宿神論《しゅくじん》——日本芸能民信仰の研究』(岩波書店)の中で、このことには何度も触れている。

では、この摩多羅神、いかなる神であるのか。もともとは、異国《とつくに》の神であったという。

そのルーツは道教にあるという方もいれば、天竺、すなわちインドはヒンドゥー教の神であるマハーカーラ、日本名で言えば大黒天を本地とする神であるとする方もいる。

広隆寺の牛祭りなどでは、牛に乗って現れることから、本地は大威徳明王——チベットではヤマーンタカと呼ばれる尊神であろうとする方もおられる。

摩多羅神の最古の記録がある『渓嵐拾葉集《けいらんしゅうようしゅう》』によれば、この神を日本に招来したのは慈覚大師円仁であるという。
『渓嵐拾葉集』というのは、叡山の僧光宗が著した仏書で、全三百巻。そのうちの百十六巻が現存している。応長元（一三一一）年から貞和三（一三四七）年までの間の筆録である。主に比叡山天台宗の伝承について書かれているが、他にも政治や文化などさまざまな事柄について記されていて、「百科全書」といってもいい。

その中に、次のような記述がある。

「覚大師自二大唐一引声念仏御相伝。帰朝之時、於二船中一有二虚空声一。告曰、我名二摩多羅神一、即障礙神也。我ヲ不二崇敬一者、不レ可レ遂二往生之素懐一云。仍常行堂ニ被二勧請一云々」

慈覚大師円仁が、唐から帰国する船の中で虚空から声を聴いたというのである。

その声は、
「自分は摩多羅神という神で、障礙神《しょうげしん》である。自分をおそれうやまわぬ者には祟《たた》るであろう」
と言った。

それで、摩多羅神が比叡山の常行堂に祀られることになったというのである。

では、常行堂とは、いかなる堂であるのか。これは、僧たちが念仏三昧という行をするための堂である。たいへんな荒行で、この行をする僧は、九十日間この堂に籠《こも》って念仏する。念仏しながら、本尊である阿弥陀如来の周囲を歩いて回るのだが、この行の間は座ったり、横になったりすることができない。手摺りがあるので、疲れたらこの手摺りにつかまって歩く。途中、天井から紐がぶら下がっているので、倒れそうになったらこの紐をつかんで支える。眠る時も、座れない。横になることができない。手摺りに寄りかかって、立ったまま仮眠をとることができるだけだ。

これから解放されるのは、排便の時と、食事をとる時だけである。

この常行堂の本尊阿弥陀如来の背後の空間に祀られたのが摩多羅神——後戸の神である。

どのようなお姿であるのか。

絵が残っている。

唐様《からよう》の烏帽子《えぼし》をかぶり、赤っぽい狩衣《かりぎぬ》を着て、左手に鼓を持っている。

その前にふたりの童子が折烏帽子をかぶって踊っている。それぞれ丁禮多《ていれいた》、爾子多《にした》と呼ばれる童子で、各々左手に茗荷《みようが》を、右手に笹を持っている。

なんとも奇妙な絵図である。

比叡山の常行堂にあったのは、摩多羅神の像のみで、なんと、両腕が折れて消失してしまっている。

どうして、この摩多羅神が、芸能の、猿楽の神なのか。

世阿弥の書いた『風姿花伝《ふうしかでん》』の中に、次のような文章がある。


仏在所には、須達長者、祇園精舎を建てゝ、供養の時、釈迦如来御説法ありしに、提婆一万人の外道を伴ひ、木の枝・篠の葉に幣を付《つけ》て、踊り叫めば、御供養述べ難かりしに、仏、舎利弗に御目を加へ給へば、仏力を受け、御後戸にて、鼓・唱歌をとゝのへ、阿難の才覚、舎利弗の智恵、富楼那の弁説にて、六十六番の物まねをし給へば、外道、笛・鼓の音を聞きて、後戸に集り、是を見て静まりぬ。其隙に、如来供養を述べ給へり。それより、天竺に此道は始まるなり。

（『宿神論』）


つまり、古代インドにおいて、釈迦如来が祇園精舎で説法しようとした時、提婆（ダイバダッタ・釈迦の

弟子のひとりだったが、のちに違背して敵になる）が一万人の外道を連れてやってきて、これを邪魔しようとした。この時、釈迦の弟子たちが、祇園精舎の後戸で、歌舞音曲をやったところ、外道たちはこれを見物するためおとなしくなり、この間に釈迦は無事に説法を終えることができた——というのである。

これが、摩多羅神を祀るようになったきっかけであるというのである。

つまり、これから考えると、指摘している方はあまりいないのだが、念仏三昧をする僧の妨げとなるような、邪念や妖魔から、僧を守るために摩多羅神を常行堂の後戸に祀ったということらしい。

しかしながら、奇妙なことに、このエピソード、仏典のどこを捜しても見つからない。

世阿弥が捏造したか、あるいはそのような言い伝えが、いずれかにあったのか。それはさだかではないが、いずれにしても、摩多羅神という神の謎は深まるばかりなのである。

さらに奇怪なことに、この摩多羅神に参拝するとき、当時の被差別者たちは、床下から手を合わせたと言う説もある。

能の観世流世阿弥に『風姿花伝』があるならば、金春《こんぱる》流の金春禅竹《ぜんちく》には『明宿集《めいしゆくしゆう》』がある。

この中で、禅竹は、芸能の神として翁《おきな》をあげているが、この翁の別名は宿神である。

『宿神論』の中で、服部氏も、

「円満井《えんまんい》座系の猿楽《さるがく》芸能民が守護神と崇めた『宿神』が、実は摩多羅神の又の名であったのは、いまや疑う余地のないところである」

と書いている。

で、この「宿神」と「翁」とは、いったいどういう神であるのかという話なのだが、これをたどっていくと、自然に縄文にたどりつかざるを得ないというのが、この頃のぼくの考えなのである。

たとえば、諏訪にミシャグチ神という古い神がいる。守宮神《すくじん》という神は、日本のあちこちにいて、摩多羅神の出てくる広隆寺の牛祭りは、もともとは近くの大酒神社の祭りであった。この大酒の神は、大避の神のことであり、酒《さけ》と避《さく》――これは地名の佐久や石神井《しやくじい》ともつながっていて、すると、「宿」「シャグ」「守宮《すく》」「酒《さけ》」「避《さく》」「石《しやく》」はいずれも同根で、いずれも〝石〟を神宿るものとして信仰していた縄文の神が、〝ＳＵＫＵ〟の名で呼ばれていたのではないかと思うのである。

これは、陰陽師安倍晴明があやつる式神の「式《しき》」にも通じているのは言うまでもない。

謎多き翁という古い天地の精霊の如き神が、古い芸能で仮面をかぶって現れるのを思う時、諏訪地方から出土した、シャーマンのものと思われる仮面をかぶった仮面土偶があるが、これこそが「翁」ではないかとぼくは思っている。

縄文の儀式の時に立ち現れてくる神が、時代時代で、その土地ごとにさまざまな衣装をまとって、ある時は、宿神となり、摩多羅神と呼ばれ、式神、守宮神などと呼ばれるようになったのではないか。

歌舞伎評

物語を書いて、それを本にして身を立てている人間として、気になるのは、自分の本がどういう読まれ方をしているのか、ということである。

売れゆきがどうかということも、それなりに悩ましい問題ではあるのだが、こちらはいやでもわかる。売れれば増刷するし、売れなければ増刷しないので、書いている当人は、だいたいの数字は把握しているのである。

売れなかった時には、もちろん、悲しい。

多くの作家は、自分の書いたものには自信をもっている（実はかなりはかない自信なのだが）ものだから、本が売れない時、自分以外の何かのせいにしたがる。

「宣伝が足りない」

と、出版社のせいにし、あげくの果てには、

「世の中がいけない」

「読者がおれの書いたものについてこられないのだ」

世間や読者のせいにしてしまうのである。

うちのめされた作家を救ってくれるのが、書評である。

「これはおもしろい。ここがこうで、あそこがこうで、それがこうだから、故にこれは傑作である」

売れなかったけれど、おもしろいと褒められた――

このことで、やっと自尊心を保って、次の作品を書く気力をなんとかしぼり出すことができるのである。

しかし、さらにこの書評でけなされたりしたら、もうどん底で、本を出してくれた出版社や担当者にも申しわけがなく、どこかに消えてしまいたくなる。

だが、雑誌などに載る書評は、あまり作品をけなさない。おもしろい作品を褒め、だめだと思った作品については、書評家は沈黙することが多いからだ。けれど、世に出る本の多くは、書評されることが少ない。褒められないけれど、けなされもしない。

そこでネットなどを見ると、これが色々書かれている。読者のダイレクトな、生の声が溢れていて、褒められれば嬉しいのだが、その多くは作家にとっては厳しいものである。

ぼくなども、たまにネットを覗くと、

「こいつ、もう終わったな」

などという、気が遠くなるようなことが書かれていたりする。

哀しい。体重が、そういうひと言で、三キログラムくらいは減っているのではないか。

役者の方々も、似たような思いを味わっているのではないかと思う。

もう、だいぶ昔のことになるのだが、ある新聞社から、電話インタビューを受けたことがある。ある役者○○さんについて、語ってくれというのである。好きな役者さんであったので、この仕事を受けたのだが、インタビュアーに、

「○○さんの、△△はいいのだが、□□についてはまだまだという意見もありますが――」

こう問われて、

「□□はまだまだと言う人もいるかもしれませんが、そんなことよりぼくは○○さんの△△は最高だと思いますよ」

と返事をした。

このぼくの言葉が、

「○○という役者は、□□がまだまだであるが、しかし、△△はよい」

となって、記事になってしまったのである。これには困った。

以来、どのようなインタビューでも、自分の発言部分をチェックできない場合はお断りしているのである。

今は故人となったある編集者から聞いた話なのだが、歌舞伎評などをやっているある方が、ある高名な役者の評を書いた。辛口の評である。そうしたら、その役者から連絡があって、

「今度、一緒にお食事をしたい」

とのお誘いがあった。

どきどきしながら食事に行ったら、なかなか格調の高い料亭で、

「先生、わたしの演技のどこがいたらなかったのでしょうか。どうか勉強させてください」

このように頭を下げられてしまった。

「たいへんな目にあっちゃった」

と、そのある方がおっしゃっていたというのである。これは役者の勝ち。

ぼくの手元に、『歌舞伎評判記集成』(全十巻・別巻一/岩波書店)と『歌舞伎年表』(伊原敏郎著・全八巻/岩波書店)というのがあって、『評判記』の方は、万治《まんじ》三(一六六〇)年から享保《きょうほう》二十一(一七三六)年までの、歌舞伎評、役者評のようなことが書かれたものを集めている。

歌舞伎 舞台
しかけのいろいろ
ポンポンポンポン
「義経千本桜」宙を飛ぶ 狐の子
毛谷村《けやむら》の六助
「野崎村」廻り舞台
石も沈むし
義太夫も くるりと廻って 出てくる 文楽廻し
昔は人力で 廻していた セリや 廻り舞台
スッポンから 現れる弾正「伽羅先代萩」（めいぼくせんだいはぎ）
小セリから 現れる 荒獅子男之助「伽羅先代萩」
雪姫 いっそ 殺して…
大セリから セリ上がってくる「金閣寺」
ずずず
ちゅう

『年表』の方は、永禄二（一五五九）年から明治四十（一九〇七）年まで、江戸と上方《かみがた》で、どういう小屋で、どのような役者が、どのような演目を演《や》ったかが記されている。

ちなみに、『年表』の方の、一番初めには、

「おくに等、将軍義輝の御前に於て『義經記《ぎけいき》』、『曾我仇討《そがあだうち》』等を演ず（？）（「事始」）。」

とある。

〃おくに〃というのは、出雲阿国のことで、かぶき踊りの創始者ということになっているのだが、それは、ここでは細かく論じない。

このふたつの全集には、時々お世話になっていて、時代小説を書く時などに、いつ、どこで、どのような演目が、どんな役者によって演じられていたか、また、その評判はどうであったかということなどを調べて、登場人物たちにその話をさせるためである。

ある年の演《だ》し物《もの》を調べたら、『助六《すけろく》』を演っている。そこで、

「市村座を観てきたんだが、羽左衛門《うざえもん》の助六、海老蔵の意休《いきゅう》が、新味があって、ええよかったぜえ」

という台詞などを入れると、なんとなく当時の雰囲気が出てくるのである。

『評判記』の方は、役者ごとに、上上吉、上上、上、中ノ（之）上、中などとあからさまな格付けがされていて、このあたりが週刊誌でよくある、タレントの好感度順位表などに通ずるものがあって、社会的には似たような役割を果たしていたのかもしれない。

ちなみに、『評判記』の元禄十四（一七〇一）年三月「役者万石船」〈立役《たちやく》之部〉を見ると、初代市川團十郎は「上上吉」という最高のランクで、

「當地のまれ男、開闢以來《かいびやくいらい》、出來ますまいとの沙汰《さた》、上は帝尺《たいしやく》の下屋しき、下は龍宮城までかくれない上役者、所に相應《そうおう》の丹前《たんぜん》方なり、打物はやわざ、拍子ごと、何にしてもくずのない、所作がらなり、當顔みせに

坂田公平《さかたのきんひら》、六條がよひといふ狂言に、公平になられての藝、むかしより、公平ほどのつよい物が、けいせいかいしためし、つゐに圖《づ》のないこと、其上揚屋《あげや》、不相應の出立にて、武士のするどき意地をふくみ（略）」

大絶賛なのである。

同じく〈若女方之部〉では、岩井佐源太という役者が「上上」で、

「長生《ながいき》すれば、めづらしい役者を見ます。此君當地へ下《くだ》られ、一覧いたすに、先面躰《まずめんてい》愛ありてよし。おいどむつちりとして、口につのたまること、天然なり。ぬれごと大きによし（略）」

「おいど」、つまり「お尻」がむっちりしていてたまらないというのである。佐源太の女方をなんとしても見たくなるような書きっぷりである。

「當地へ下られ」とあるのは、上方から江戸にやってきたということで、「口につのたまる」の「つ」は唾のことであろう。

上方のことで言うと、『年表』の第三巻に興味深いことが書かれている。

大坂の中山文七座（角座《かどざ》）つまり角の芝居で、並木正三が、宝暦八（一七五八）年十二月『三十石艠《さんじつこくよふねの》始《はじまり》』で、初めて舞台を廻してみせ、大坂人の度肝を抜いたというのである。

「舞臺一面の廻り道具にて、淀の城川表《おもて》水車の前にて、舟をならべ、敵討の仕合い出來ました〳〵。是迄廻り道具も度々あれども、見物を大勢置きながら、惣ぶたい一所に廻すといふは、古今の大かざり、町中の是の沙汰、近年の大當り大出來」

いやいや、この時の大騒ぎを、その時代、角座で見ることができたら――

昔の評などを眺めていると、なんだか興奮してくるのである。

結構褒めている評ばかりかというと、そうでもない。

江戸の頃は、けなす時にはけちょんけちょんで、ちょっとおそろしいくらいである。

一例をあげておこう。

『年表』の第四巻、安永五（一七七六）年正月十五日の項を見ると、まず、評者は市村座を褒めている。市村座は「ぶち割れる程の大入《おおいり》」とあるから、よほどの出来だったのであろう。

その後で、

「中村座ハ三五郎、仲藏《なかぞう》、友右衛門、團藏、門之助、金作といふ顔にてお駒となり、菊水となり、八天狗働けども蝿もたからず」

とある。

これはひどい。

蝿もたらかずというのは、糞《くそ》なら蝿もたかるが、蝿もたからないというのは糞よりも劣るということだ。

よくこんなことが書けるものである。

演目は『懸賦歌《かぞへうた》田植《たうえ》曾我《そが》』で、

「物草太郎、十郎、京二郎、山田三郎（三五郎）八わた三郎、古郡新左衛門（團藏）傘張法橋、小藤太、百姓與次右衛門（友右衛門）菊王、巴御前、鬼王（助五郎）松若、五郎（仲藏）工藤（勘左衛門）朝ひな（音八）順禮おしが、とよ（金作）範頼御臺《みだい》、月小夜（里好）小將（菊の丞）。不入」

という配役である。

最後に「不入」と、二文字で斬って捨てている。

小説の評にしろ、歌舞伎の評にしろ、言われた方は、作家なら、

「そんならおまえ書いてみろ」

と言いたいのだが、これは言うわけにはいかない。言ったらおしまい。言われた方は、じっと歯を噛んでそれをモチベーションにして、がんばるしかないというのが、我々の仕事であります。

桜の森の満開の下

八月の歌舞伎座に足を運んできた。

『野田版　桜の森の満開の下』を観るためである。

この連載に、毎回すばらしい絵を描いていただいている萩尾望都さんと一緒である。

萩尾さんとは、時々舞台を一緒に観にゆく。思えば、宝塚初心者のぼくを、あの華麗な世界へ最初に案内してくれたのは、萩尾さんである。それではまったのが、小池修一郎さんが演出する『エリザベート』であった。

宝塚は、どの舞台もきらきらしていて、凄いのは、毎回必ずあの階段の場面があることだ。

ついさっき、悲劇的なエンディングをむかえたはずの主人公や相手役が、なんとも美しい派手な衣裳に身を包み、満面の笑みを浮かべて階段を下りてくる。少し前まで、悲しいラストに涙していたはずなのに、劇場を出る時には、ハッピーエンドの顔をして、観客は出口のドアをくぐってゆく。

凄いシステムである。

さて——

『桜の森の満開の下』は、数ある坂口安吾の作品のなかでも、もっとも好きな物語である。

この話を読むたびにぼくの心にたちあらわれてくるのは、

〝ああ、坂口安吾は、いったいどのようなかなしい恋をしたのか〟

という思いである。

これは、桜が怖い、という話だ。

誰にでも覚えがあるだろう。あの美しい桜が実は怖いというあの不思議な感覚。日本人なら、誰でも心のどこかで共感できる感性ではないか。

この感覚を上手に表現したのは作家梶井基次郎である。

彼は一九二八年に発表した『桜の樹の下には』という作品の一行目を、

「桜の樹の下には屍体が埋まっている」

このように書き出している。

坂口安吾が『桜の森の満開の下』を発表したのはその十九年後――一九四七年だから、安吾は当然、梶井基次郎の『桜の樹の下には』を読んでいたであろう。

安吾の作品の方は、ある山賊が主人公である。

鈴鹿峠《すずか》に、ちょうど桜がいちどきに咲く場所があって「旅人はみんな森の花の下で気が変になりました」と安吾は書く。

この山に住み始めた件《くだん》の山賊も、桜の花が怖い。その秘密を知りたくて、いつか、たった独りで桜の花の満開の時に行ってそれを考えようと思っているのだが、毎年、桜が咲く頃になると、来年考えればよいと、それを先のばしにしている。

ある時、山賊は、夫婦の旅人を襲い、夫を殺して、その美しい妻を家まで連れ帰って自分の八人目の女房にした。この女が、また尋常ではない。山賊に命じて、家にいた山賊の女房七人のうち、六人までを殺してしまうのである。

足の悪い女房ひとりだけを、召し使いとして残し、女は山賊と暮らし始めるのだが、

「私を都へ連れて行っておくれ」

と女が言い出す。

それで、山賊の男は、女を都へ連れてゆくと、女が男に命じたのは、首狩りであった。山賊が狩ってきた女や男や、子どもや僧の首を家で並べて、女はそれを人形に見たてて人形あそびをする。あそぶうちに肉は腐り、首は骸骨になってしまうのだが、それでも女は、それが誰の首かわかっていて、あそび続けるのである。

そんな暮らしに倦《う》んで、男は山に帰ろうとする。女を背負って、山に帰ってきた時、ちょうどそれが桜の森が満開の時であった。

その桜の森の満開の下で、背負っていた女がいつの間にか、全身が紫色の顔の大きな老婆の鬼に変じている。男が、この鬼を絞め殺すと、それは鬼ではなく、やはり女である。

「頭上に花がありました。その下にひっそりと無限の虚空がみちていました。ひそひそと花が降ります。それだけのことです。外には何の秘密もないのでした」

男が、女の顔に降った花びらをとってやろうとすると、女の姿は消え、

「あとに花びらと、冷たい虚空がはりつめているばかりでした」

この最後の一行が、もの凄い。

告白するが、この一行に出会っていなかったら、ぼくは『陰陽師』を書いていなかったのではないか。

安吾の作品で二番目に好きなものが、『夜長姫と耳男《みみお》』である。

この話が、また凄い。

これもまた、主人公の耳男が夜長姫という女を殺す話である。

ストーリーの紹介ははぶくが、耳男に鑿《のみ》で突かれて死ぬ時の夜長姫の台詞——

「好きなものは咒《のろ》うか殺すか争うかしなければならないのよ。お前のミロクがダメなのもそのせいだし、お前のバケモノがすばらしいのもそのためなのよ。いつも天井に蛇を吊して、いま私を殺したように立派な仕事をして……」

これがたまらない。

無頼派坂口安吾、その実体は、純情可憐な曲がりくねったロマンチストだったのではないか。

多くの書き手や、描き手、芸術家がこれで坂口安吾にやられてしまった。ぼくもそうである。そして、野田秀樹さんもそうであった。

長くなったが、『野田版　桜の森の満開の下』は、この安吾の『桜の森の満開の下』と『夜長姫と耳男』という、ふたつの作品をベースにして作られた舞台なのである。

これは、ぜひとも観ないわけにはいかないのである。行くぞ。と拳を握って新国立劇場まで観に行ったのが、二〇〇一年六月に再々演された『贋作《にせさく》・桜の森の満開の下』であった。初演と再演は観逃していたのである。

今回は、十六年ぶり、しかも歌舞伎座である。

以前から、(十八代目中村)勘三郎さんと野田さんとの間では、歌舞伎座で『野田版　桜の森——』を演《や》ろうとの話があった。

それが、今回、ようやく実現したことになる。

勘三郎さんと野田さんの歌舞伎座公演が初めて実現したのが、二〇〇一年の『野田版　研辰《とぎたつ》の討《う》たれ』。第二弾が、二〇〇三年の『野田版　鼠小僧《ねずみこぞう》』。第三弾が二〇〇八年の『野田版　愛陀姫《あいだひめ》』。どれも歌舞伎座の

納涼歌舞伎で観て、新しい風が歌舞伎座に吹き始めたと、どきどきしたのである。『野田版　桜の森――』は四弾目として、当然勘三郎さんが演るべきものと思っていたのだが、二〇一二年に逝去されたため、それは幻の舞台となった。今回の舞台は、耳男が中村勘九郎さん、夜長姫が中村七之助さん、オオアマが市川染五郎（現幸四郎）さんという配役となった。

行ったのは、後半の二十三日。

疲れもたまってくるが、役者と役がなじんで、ちょうどいい頃合いだろうと思っていたら、その通り、それ以上の舞台であった。

耳男の勘九郎さんが、途中、何度も勘三郎さんに見えて、はっとなることが度々あった。

夜長姫の七之助さんは、狂気を演ずる時の凄みにますます磨きがかかって、これに妖しさと美しさまで加わって、野田版の役者としても、歌舞伎の役者としても、そのふたつがこの舞台で上手に立っていて、これまたよかった。

オオアマの染五郎さんは、どの場面でどのような立ち姿を見せても、その周囲に歌舞伎の風が吹いている。今回の舞台でも、オオアマの立っているその場所から、自然に歌舞伎が発信されていて、歌舞伎役者としての風格に重みが加わって、惚れぼれ。

ラストの、夜長姫が消えるシーンは、なんとも美しくて溜め息。あの一行を、舞台では野田さん、こうやるのか、と。

中村扇雀《せんじゃく》さん、坂東彌十郎さん、片岡亀蔵さん、皆さん野田さんの演出のなかで、楽しそうに動き、台詞をまわしていて、歌舞伎というか、歌舞伎役者というか、そういう方々のもっている技とか、型は、どのような芝居の舞台に上っても、汎用性があり、武器として有効性のあるものであると、あらためてわかった。

やっぱり、歌舞伎はおもしろい。

観終えて、近くのレストランに入り、ワインで乾杯。

今年の初めにも、萩尾さんとは、野田さんの勘三郎さんへのオマージュである『足跡姫』（一～三月・東京芸術劇場プレイハウス）を観に行っていたものだから、当然勘三郎さんの話になった。

「今日、舞台の上に、勘三郎さん、いたよね」

「いたいた」

ということで、また、乾杯である。

『足跡姫』では、最後の台詞にみんな落涙させられていたので、

「あの時も、勘三郎さん、どこかの席から舞台を観ていたんじゃないか――」

という話になった。

ああ――

勘三郎さん、みんなに、色々な方に愛されていたんだなと、あらためて思った舞台でありました。

型の話

型の話をさせてください。

と言っても、雑談程度です。そういう本を読んだわけでもありませんし、きちんと勉強したわけでもないので、これを読んでいらっしゃる皆さんの方が型についてはずっと詳しいのではないかと思っています。普段、何気なく思っていることや、考えを、ちょっとここに書いてみる――そのくらいの感じですね。そのなかに、おもしろいなと感じられるところや、こういう見方もあるのかと言っていただけるところがひとつでもあれば、それでいいと思っています。

歌舞伎には、型というものがあります。

たとえば、『義経千本桜《よしつねせんぼんざくら》』の「すし屋」の場面などがありますね。

中央に権太《ごんた》、その左右に若葉の内侍《ないし》と六代君が縛られて座っている。これは、実は権太の女房と倅《せがれ》であるというおなじみの場面ですが、上方《かみがた》で演《や》る時と江戸で演る時は、この型が違っているというんですね。上方の型だと、権太は片膝を突いているのに対して、江戸の音羽屋《おとわや》の型だと権太が立っている。上方の型だと権太は荒くれものという解釈で演じられていて、江戸の型だとたとえば、台詞廻しや手拭《てぬぐ》いの結び方なども、少し粋にできあがっている。

このあたりは受け売りなんですが、しかし、歌舞伎とはいえ、いつもいつも同じ型、同じ演出でいいの？とおっしゃる方も、時おりおられます。新しい演出、これまでになかった、斬新な手法を観たいというわけですね。このあたりのことは、いずれ、コクーン歌舞伎のことを書く時に触れますが、結論から言えば、いいんですね。何故なら、世の中の多くのことや現象は、すべて型からできあがっているからです。型がないとはじまらない。

「プロレスと歌舞伎は似ている」

と、ぼくはずっと前から言ってきました。半分は、受けをねらったネタですが、三分の一くらいは本気も混ざっています。

プロレスでは、悪役《ヒール》と善玉《ベビーフェイス》が決まっています。ひとつひとつの技に、決まりというか、約束がある。今でこそ複雑化しておりまして、多様化していますが、基本的な構造は同じです。

たとえば、相手レスラーをロープに振る時は、必ずまず相手の左手を取る。これはもう、かつては、このシーンを一万回見れば、一万回ともそうでした。必ず自分の左手で相手の左手を取って、相手の肩なり、背などをぽんと押してやる。それで相手はロープに飛んでゆく。ドロップキックをする時は、多くは体の左側が下になっている。そういう型の組み合わせと、アドリブからプロレスはできあがっている。

ある時、後楽園ホールで、こんなシーンを見たことがあります。ジャイアント馬場が、アブドーラ・ザ・ブッチャーをロープに振って、ランニング・ネックブリーカードロップを仕掛けようとして、本当に失敗してしまうんですね。ここで、観客からは、どよめきにも似た溜め息がこぼれます。馬場対ブッチャーの、最高のシーン——水戸黄門で言えば、印籠《いんろう》を出すシーンです。しかし、ふたりは何事もなかったかのように試合を続け、同じような展開に物語（試合）を作ってゆき、そして、もう一度、ランニング・ネックブリーカードロップです。もう、お客様は大喜びですね。

たとえば、この試合を、現代でもやろうと思えば、馬場の面をつけたレスラーと、ブッチャーの面をつけたレスラーによって、再現（演）できるんですね。それは、型があるからなんです。やれば見たいのですが、見た方の反応は、もうわかっていますね。

「初代馬場の方が、よかった」

「先代ブッチャーの貫禄が、二代目には足らない」

たぶん、ぼくだってそう言うと思います。

そして、技の伝承というのもあります。

バックドロップという技があります。これは、かつてのNWA王者鉄人ルー・テーズの必殺技ですね。相手を後ろに放り投げる。岩石落としという技で、漫画では、白土《しらと》三平先生の『カムイ伝』に出てくる飯綱《いづな》落としがそうですね。この技は、ルー・テーズ以外は、使えませんでした。暗黙のルールがあって、誰かの必殺技を他のレスラーは使えない。けれど、だんだんと他のレスラーもこの技を使うようになって、必殺技としてのイメージが落ちて、つなぎ技になってゆく。

「おれのバックドロップと、他のレスラーのバックドロップは違う」

ルー・テーズは言います。

それで、ジャンボ鶴田が、ルー・テーズからバックドロップという技を伝承されるわけです。

ルー・テーズのところへ鶴田が訪ねてゆき、教えをこう。そして、アドバイスをもらう。

「いいか、鶴田、バックドロップはへそで投げるんだ」

この言葉で、技、つまり芸（型）の伝承がなされたことになるわけですね。秘伝の口伝です。ルー・テーズから直接伝授された鶴田のバックドロップは、この瞬間から、再び必殺技として機能しはじめるんですね。他のレスラーのバックドロップとは違うよ、ルー・テーズ直伝だよというわけですね。とても、古典芸能的

上方の型

『義経千本桜』
「すし屋」

江戸の型

バックドロップ

ランニング・ネックブリーカードロップ

でしょう。

「漫画は記号である」

と言った漫画家がいます。

手塚治虫さんです。

驚いた時に、口を大きくあける。フキダシの枠線をにする。これが記号ですね。わかりやすいところでは、額に汗を入れれば、これは困ったという意味です。これも記号です。怒った時には、額に血管の青筋を入れる。これは、怒ったという意味の記号であり、速度を表す時には、動いた物体、手でも、身体でも、ボールでも、その動いた後に動線を入れます。これで、その物体の速度やエネルギー量がわかるのです。

手塚治虫さんの言う記号が、つまり型のことなんですね。

何が言いたいのかというと、型というものは、どのような芸能にも、スポーツにも、文学にも、みんなあるんです。型がないと成立しない。

もう亡くなられた武原はんさんという舞踊家がいました。

武原はんさんが、ある時、インタビューに答えて、こんなことをおっしゃっていました。

「踊りは、型から教え込まれるんです。片手を持ちあげて、袖でこうやってうつむいた顔を隠す。これは、女性が悲しんでいる時の型なんですが、教えられた時は、子どもですから意味なんてわかりません。でも、踊っているうちに意味がだんだんとわかってきて、何十年かやってきて、この頃はようやく型に心が追いついてきました」

型に心が追いついてきたって、凄い言葉でしょう。びっくりしました。

記憶で書いたので、正確ではないと思いますが、意味はこのまんまです。

空手にも、型（形）はあります。

ピンアンだとかチントウとかあって、ひとりで演武するのですが、動きや形に、みんな意味があります。中国拳法では、表演ですね。たとえば、太極拳のあのゆるやかな動き、型も、すべて実戦的な意味があります。

型があった方が伝承しやすいし、覚えやすい。ないと、その都度ゼロからの出発になってしまい、文化はそこに生まれません。数学だって、公式という型がないと、個人が、それぞれ独自に、ゼロの発見や、円周率の発見などをしてゆかねばなりません。それは不可能ですね。

さらに言えば、人間というものは、なかなかでたらめができないようになっている。

踊りだってそうです。ある人が実験をしました。

子どもを集めて、

「これから十分間、でたらめに身体を動かして踊ってみてください」

みんな、はじめは、楽しそうに、手を動かしたり、足をあげたり、でたらめをやる。しかし、これが、一分、二分たってくると、でたらめのネタが出つくして、みんな、それぞれ動きがパターン化してくる。でたらめが、自然にできなくなってくるっていうんですね。

ジャズだって、そう。

いくらでたらめに、サックスを吹けと言われたって、なかなか吹けるもんじゃありません。ちゃんと譜面のある場合は、一時間でも二時間でも、体力があれば吹けるんですが、でたらめは、そんなにできないんですね。

でたらめができるのは、つまり、あることについて心のままにできたり、個性が出てきたりするのは、型を学んだ後からではないかと思うんです。

ある時、歌舞伎のお稽古を観に行ったことがあるんですが、ご存じのように、普通、歌舞伎には演出家がいないんですね。ある意味では伝統、あるいは、型が、演出家なんです。あとは、その舞台の主役の方が、演出家的なことをする。

「そこの手拭いは、豆絞《まめしぼ》りでいきましょう」

「あ、そこは『船弁慶《ふなべんけい》』のあれでやって」

などと細かいところは、お稽古の現場でやったりしますが、だいたいのところは〝伝統〟であったり〝型〟が、しっかり演出をしているんですね。

ぼくのやってる小説もそう。

一行目は、ヒトマスあけるっていうのもそうだし、文体も、〝型〟の一種です。

というわけで、今回は、その型を――つまり文体をいつもとは変えて、書いてみました。

圓朝と歌舞伎

まずは、立川談志師匠のことから話を始めたい。

談志師匠が好きであった。落語も好きだったし、生き方も好きだった。

「落語は業の肯定である」

とは、ずっと前から言っていて、後半は、それに、

「イリュージョン」

なんていうのも加わった。

亡くなる間際には、もう、声が出せなくて、周囲の人間に、紙とペンを用意させ、書いたのが、

「お○○こ」

だった。

ビートたけしさんのことを、

「おい、たけし、お前なあ――」

なんて言えるのも談志師匠ただひとりであった。

亡くなるしばらく前に、上野のうなぎ屋で独演会をやった。これを主催したのが嵐山光三郎さんだった。

ぼくも嵐山さんから声をかけられて、もちろん出かけていった。最初は、二十人か三十人くらいでと聞いていたのだが、当日、件《くだん》のうなぎ屋にあがったら、百人以上、二百人くらいの人が集まっていて、ミッキー・カーチスさん、毒蝮三太夫さん、松尾貴史さん等々、おなじみの顔がたくさんそろっていた。

どういうわけか、一列目、二列目が空いていて、真ん中か後ろの方から席が埋まってゆく。ぼくは、真ん中よりちょっと前に座った。隣が松尾さんだった。

「さっき楽屋にご挨拶に行ったら、赤いバンダナを頭に巻いて、そこにご祝儀の万札をはさんでましたよ」

と、松尾さん。

「凄い」

「一列目、二列目が空いてますね」

「そこに座るのは勇気がいりますからね」

何しろ、一番前の列に座ったら、談志師匠と一対一になってしまう。今の談志師匠にどこまで落語ができるか。場合によったら、つらい時間を、談志師匠と一対一ですごすことになる。

「それがこわくて、誰も前に座れないんじゃないですか」

と話をしていたら、少し遅れて入ってきた女性が、一番前に座った。

凄いなあと思っていたら、その女性、作家の柳美里さんであった。これもまたよい風景であった。

談志師匠、入場。

お弟子さんに肩を支えられながら、高座にあがり、正座ができないので、足を前に出して座る。

「おれも長い間落語を演《や》ってきたけど、こんな恰好で高座に座るのは初めてだ」

小噺《こばなし》と漫談、落語も、すぐ近くにいる弟子に、

「これでいいよな。間違っちゃいないだろ」

確認しながら演ってゆく。

ひと休みしてから、始めたのが、なんと『芝浜』であった。

みんなびっくりしたのが、気配でわかった。棒手振《ぼてふ》りの魚屋勝五郎が、仕入れに出かけて芝浜で革財布を拾うおなじみの噺だ。

これが、途中でつかえたり、間《ま》が多かったりで、まったく元気な頃の談志師匠ではないのだが、つかえたりするたびに脱線し、言いわけをする。その姿はまさしくいつもの談志師匠のようでもあって――

そのうちに、噺を続ける気力が飛んでしまったのか、ふいに、こんな魚勝と女房の会話になった。

「まったくね、あたしも何度も『芝浜』じゃこの役をやったけどさ」

「今日の談志はひどいね」

「やってらんないね」

「もう、こんな落語なんていいから帰っちゃおうか」

「うん。帰っちゃおう」

「帰っちゃおう」

なんとふたりが、談志の語っている落語世界から、出ていってしまうというのが、この日の『芝浜』の下げとなったのである。

ああ、とんでもなく凄いものを見た。

そう思っていたら、談志師匠が、

「今日のお客さんはいいね。何しろ、世界一の落語家の、こんなどうしようもない姿を見ることができたんだからね。今日は、こういう談志を見たというそれを幸せとして、お帰りください」

こんなことを言ったのである。

ああ、凄かったなあ。帰り道では、ほろほろと涙がこぼれましたよ。

これが、ぼくが生の談志師匠の高座を聞いた最後となった。

前置きが長くなったが、これは肯《よし》としていただきたい。

話は、落語と歌舞伎である。

数年前に、立川志の輔さんの『中村仲蔵《なかぞう》』を聞いたのだが、枕を聞いているうちに、いつの間にか噺に入っていて、いったいいつ噺になったのかとびっくりの絶品。志の輔さん、凄い。初代仲蔵が、『仮名手本忠臣蔵《かなでほんちゅうしんぐら》』の「五段目」の定九郎《さだくろう》を演った時のエピソードを落語にしたものだ。

しかし、今回は『芝浜』から入ったので、三遊亭圓朝と歌舞伎の話だ。

三遊亭圓朝、三題噺が得意であった。

お客さんから、三つのお題をいただき、それをもとにして、噺をつくる。

「酔っ払い」「芝浜」「革財布」、この三つのお題から、圓朝がつくった人情噺の傑作がこの噺で、これが歌舞伎になった。歌舞伎では、勝五郎が政五郎になって、これを六代目の菊五郎さんが演った。

『人情噺文七元結《にんじょうばなしぶんしちもっとい》』も、圓朝が創作した落語『文七元結』が原作である。

左官の長兵衛が、娘のお久がつくった金五十両を、身投げしようとしている男文七に渡してしまったことから起こるてんやわんやで、ぼくが、この狂言を初めて見たのは、一九九三年十月の歌舞伎座である。

長兵衛が五代目勘九郎（十八代目勘三郎）さん。

角海老《かどえび》女将が玉三郎さん。

長兵衛の娘お久が、なんと十六歳の松たか子さんである。

身投げしようとしている文七（浩太郎、現扇雀《せんじゃく》）に、長兵衛が五十両を渡そうとするのだが、なかなか渡すことができない。娘お久が、身を売ってつくった金である。

しかし、ようやく決心して、五十両を渡そうとし、またためらって、

「なんとかならねえかなあ、おい」

この台詞を言う時の勘九郎さんの間《ま》が絶妙であった。このシーンで、いっぺんにこの狂言が好きになってしまった。こういう役を演らせたら、勘九郎さん天下一品であった。

圓朝の落語が歌舞伎になった例は、まだある。

中国に、『剪燈《せんとう》新話』という怪異小説集がある。そのなかに「牡丹燈記」という話があって、これを江戸の頃、浅井了意が『伽婢子《おとぎぼうこ》』のなかに、収録した。圓朝はこれをもとにして、怪談噺の傑作『牡丹燈籠《ぼたんどうろう》』をつくった。

浪人萩原新三郎の許《もと》へ、夜ごとにお露とその乳母のお米の幽霊が通ってくる。その時手にしているのが牡丹燈籠というわけなのだが、からん、ころんと下駄の音を響かせて、女の幽霊が男の許へ通うシーンは有名である。

驚くなかれ、圓朝がこの噺をつくったのは二十五歳頃の時である。これを明治二十五（一八九二）年、三世河竹新七が歌舞伎化して、五代目菊五郎が歌舞伎座で主演して、人気となったのである。

もうひとつ話をしておくと、中国の昆劇に、『牡丹亭』という、明代の劇作家、湯顕祖《とうけんそ》の作品があって、これも一連の「牡丹もの」のひとつである。

どうやら、中国と日本の芸能史のなかには、脈々と流れる〝牡丹道路——ボタンロード〟の如きものがあって、これは、真剣に調べてみたらかなりおもしろそうである。

ぼくは、十数年ほど前に、この『牡丹亭』を日本語の戯曲にしたことがあって、その時調べたので、よく知っているのである。

歌舞伎版の『怪談牡丹燈籠』をぼくが初めて観たのは、二〇〇三年八月の歌舞伎座であった。

なんと、この演《だ》し物《もの》には、作者の圓朝自身（もちろん本人ではない）が出てきて、物語を進行させてゆくのだが、この時は、五代目勘九郎さんが圓朝を演じた。

これが、なんだか凄くよかったので、同じ年、お会いしたおりに、

「勘九郎さんの落語を、いつか聞いてみたいです」

という話をしたところ、

「それはできません。落語家の方に失礼になりますから」

と、おっしゃっていたのを思い出す。

これは、尋ねたぼくのほうが失礼であって、勘九郎さんの言葉は当然のことであった。

そう言えば、勘九郎さんと談志師匠は仲がよくて、談志師匠は、ことあるごとに、勘九郎さんのことを褒めていたのを思い出した。

勘九郎さんが、舞台で演じていた時、観客席から、

「うまい！」

の声が響いた。

勘九郎さんが見たら、そのお客さんが談志師匠であったというのを、何かで、勘九郎さんが語っていたのを思い出しました。

『楊貴妃』という魔法

今日は、速度というものについて、考えたい。

ものというものには、速度がある。そして、その速度が、そのものが何ものであるかということを決定づけている。

たとえば、光というものについて、考えられたい。光には速度がある。そしてその速度が、光というものの性質や本質を決めている。秒速約三十万キロメートル。これが光の速度であり、この秒速三十万キロメートルで動くものは、光以外にない。

ちょっと待てと言う方もおられるかもしれない。電波はどうか。電波だって、光速で伝わるんじゃないの。その通り。しかし、光も電波も、要するに電磁波であり、同じものと考えて差し支えない。ならば重力はどうよ。重力が伝わる速度も、光速なんじゃないの。これまたその通り。しかし、今現在は、光と重力は別ものということになっているが、そのうちに統一理論が発見されて、光も重力も同じものであるということが証明されるはず（アインシュタインは、光と重力を同じ式で表すことのできる理論を探し続けて、それができぬまま世を去った）だから、いささか乱暴だが、ここでは同じものということでいいのである。

物理的な話でなくともいい。

生物が全力疾走した時の速度も、それぞれ違う。

たとえばチーターは、時速百十キロ、トナカイは八十キロ、野ウサギも八十キロ、犬のグレイハウンドは七十キロ。遅いところだとカタツムリは、一秒間三ミリ弱。人間は百メートルが、九秒ちょっと。髪の毛が伸びる速度は、一日で約〇・三ミリ。爪は一日に〇・一ミリくらい。

あるものの速度を聞けば、物質名、生物名まで、それが何であるかは、原理的にはわかるのである。

この速度に、別の要素を加えてみる。

たとえば、リズムであるとか、間《ま》であるとかがそうだ。静止というのも、ある意味では速度の一種だな。こうして、速度にいろいろな要素を加えてゆくと、音楽になる。速度は音楽だ。

プロレスで言うと、スタン・ハンセンというアメリカンプロレスの選手がいた。音楽ならロック。アメリカンプロレスはロックである。ブッチャーのような黒人選手は、ジャズ。ヨーロッパ系のレスラー、たとえばビル・ロビンソンの試合には、流れるようなメロディーがあって、メキシカンプロレスであるルチャリブレは、ラテン音楽。日本のプロレスは、間でできあがっている。

見事に、この速度という音楽が、プロレスの国民性と対応しているのである。

スポーツでも芸能でも同じだ。ある選手の、あるいはある役者の身体《しんたい》の生み出す速度を見れば、それが誰であるか、なにものであるかがわかってしまうのである。

何が言いたいかといえば、坂東玉三郎という速度が、なんとも感応的で心地よいということを、ここで声を大にして語っておきたいということなのである。

二〇一七年十二月の歌舞伎座、第三部に行ってきたのである。

坂東玉三郎の『楊貴妃』を観るためだ。

二本立てで、前半が長谷川伸の『瞼《まぶた》の母《はは》』。番場《ばんば》の忠太郎《ちゆうたろう》を演《や》った中車《ちゆうしや》さんが想像以上にはまっていて、これがよかった。

中車（俳優香川照之）さんは、二十五歳の時に実父である市川猿翁（当時猿之助）を、公演先の楽屋に訪ねている。この時は、つき離されてしまい、親子の関係は長いこと途絶えてしまっていたという。

今回、忠太郎の役を演るにあたって中車さんは、『東京新聞』（二〇一七年十二月一日朝刊）のインタビューに、この演目について、

「僕の実人生そのもの」

と答えている。

舞台のラスト、

「（母に）会ってやるもんか」

と言っておきながら、母親の後ろ姿に、頭を下げる。この時の思い入れが心にしみる。この中車さんの無言の姿を観れば、忠太郎が、母親のためを思って、自ら身を引いたのであるということが、よく伝わってくるのである。

長谷川伸の台本、このシーンをどう書いているのか、知りたくなってきた。

さて、そういうことがあって、いよいよ『楊貴妃』である。

この『楊貴妃』の台本、ぼくが書いたものではあるのだが、実は大学時代の恩師である故・堀越善太郎先生や、ほかならぬ玉三郎さんに、手とり足とり面倒を見ていただいて、ようやく完成したものなのである。

この詞に、曲をつけてくださったのが、唯是《ゆいぜ》震一さん、振付が梅津貴昶《たかあき》さん。曲も振付もすばらしくて、新作舞踊劇として傑作となった。

渡辺保さんも、ご自身のホームページで「玉三郎の楊貴妃が年とともに艶を増して円熟した美しさ。二枚扇の『連理の枝』の舞で花道へ行くところなど、踊りとしてはどうということもないが、その雰囲気、その

味わい、まことに艶然たるものである」と書いていらっしゃるのである。

この詞を、ぼくが書いたのは、二十八年前、つまり、一九九〇年のことだ。

能の『楊貴妃』と、白楽天の『長恨歌《ちょうごんか》』をベースにして書いたのだが、『長恨歌』や能の言葉はどれもが宝石のようだ。自分の好きな古典や、『和漢朗詠集』などを読みながら、心に残った言葉を抜き書きすることから始めて、詞を組み立てていったのだが、たいへんな作業ながら、繰り返しているうちに、古典の言葉や感性がだんだんと自分の肉のなかにしみ込んできて、それは楽しい作業でもあった。勉強しようと思ってやった作業ではなく、実作のために必要なことをやっているうちに、それが結果としてよい勉強になったのである。同じ頃、このたび日中合作映画となった、チェン・カイコー監督の『空海―KU-KAI―』の原作であり、二〇一六年四月に『幻想神空海《げんそうしんくうかい》』として歌舞伎化もされた『沙門《しゃもん》空海唐の国にて鬼と宴す』をすでに書き出していて、その物語のなかに、白楽天も楊貴妃も登場する。楊貴妃は特に重要な役どころなので、あれこれ、資料を読みあさり、中国の華清宮や、楊貴妃の墓にも行っていたりしたので、これがたいへん役に立った。

今回（二〇一七年）、十二月の歌舞伎座の筋書《すじがき》に、原稿も書かせていただいている。

その一部を次に引用しておく。


坂東玉三郎は、人が見ることのできない、体感することのできない速度を、自身の肉体を使ってこの世に具現化する。たとえばそれは、星の速度であり、大輪の牡丹がゆっくり花びらを開いてゆく花の速度である。静止というのもこの速度のひとつで、坂東玉三郎の静止した姿は、とても豊饒だ。静止した肉体の中に豊かなる何ものかが満たされてゆく速度が見えるのである。

具体的に書こう。『楊貴妃』の中で玉三郎さんが動き出すファーストシーン――これが、花の速度であ

る。
方士が蓬莱宮にやってきて、楊貴妃に声をかける。
「なに唐帝のつかいとや」
楊貴妃が答えて、帳《とば》りの向こうから姿を現す。
〽九華《きゅうか》の帳《とばり》を押しのけて
玉の簾《すだれ》を排《かか》げつつ
たちいでたもう御姿《おんすがた》

この瞬間に、ぼくなどは、この作品世界にあっという間に引きずり込まれてしまうのである。まどろみながら千年のねむりについていた楊貴妃が、その夢のなかから、この現世《うつしよ》に立ち現れてくる。楊貴妃が、この時、その背後に引きずっているのは、千年の夢である。その夢が、この世に溶け出てくる速度――夢に速度があるのなら、その速度のままに、我々の前に楊貴妃が歩み出てくるのである。

人間の肉体が、踊る、動く、という行為によって、このような空間を作りあげることができるのかと、坂東玉三郎の『楊貴妃』を観るたびに、そう思うのである。

この『楊貴妃』を書く前に、玉三郎さんに、ひとつの質問をした。

それは、詞を書く時のテーマについてだ。楊貴妃という女性には、ふたつの側面がある。

ひとつは、玄宗皇帝の息子である寿王の妃であった楊玉環《ようぎょくかん》が、玄宗によって無理やり別れさせられて、玄宗の妃にさせられ、しかも安禄山《あんろくざん》の乱によって、殺されてしまうという、時代にもてあそばれた悲劇の主人公としての楊貴妃である。

もうひとつは、白楽天の『長恨歌』に代表される、悲劇でありながら、美しい恋と愛の物語という側面である。

そのどちらの楊貴妃を描くかは、最初に決めておかねばならない大事なことであった。

玉三郎さんの答えは、後者であった。

ぼくも、そちらの方がよいと思っていたので、考えは同じだった。

実際に書きあがるまでには、半年あまりかかったのではないか。

初演は静岡県のＭＯＡ美術館であった。その次が、大阪のフェスティバルホール。

観る前には、心のなかで、さまざまに予想していたのだが、その予想を見事に裏切られた。しかも、よい方向に裏切られた。実際の舞台は、ぼくが勝手に想像していたものより、十倍、百倍もすばらしいものだったのである。

フェスティバルホールでは、幕が次々に開いてゆき、そこから、真っ白で無垢な〝夢の玉子〟のような坂東玉三郎が立ち現れてきた時の衝撃は今も忘れられない。

ちなみに詞のなかにある「玉《たま》と見まごうばかりなり」の「玉」は、玉三郎さんの「玉」であり、楊貴妃の本名、楊玉環の「玉」であることは言うまでもない。

坂東玉三郎は、今もって、最高である。

同じ時代に生まれて、一緒に仕事ができたことは、ぼくの最大の喜びである。

空海と晴明と十代目幸四郎さん

七代目市川染五郎さん——この一月に、十代目松本幸四郎を襲名して、今年からは幸四郎さんである。

幸四郎さんとは、御縁があって、何度かぼくの原作作品に出演していただいている。

かなり前——一九九五年のことだから二十三年前ということになるが、六月の歌舞伎座に足を運んでいる。夜の部の三島由紀夫作『鰯賣戀曳網《いわしうりこいのひきあみ》』を観に行ったのだ。坂東玉三郎さんと、五代目中村勘九郎（十八代目勘三郎）さんが、それぞれ傾城《けいせい》蛍火と鰯賣猿源氏を演《や》っているので、これがお目当てだった。一九九〇年（三月歌舞伎座）もこれを観ており、おおらかで、ほのぼのの、明るくて楽しい演《だ》し物《もの》で、三島由紀夫さんの作風の幅の広さにびっくりしたものだ。

この晩も、玉三郎さんと勘九郎さんに、充分楽しませてもらったのは言うまでもないことだが、
「あれ、この人誰だったっけ」
と思ったのが、博労《ばくろう》六郎左衛門。足の運びにいい拍子と間《ま》があって、首の振り方もひょうきんで、なんだかそれがとてもかっこよかったのである。

あわてて筋書《すじがき》に眼を通したら、これが市川染五郎であった。これまでにも、何度か観ていたのだが、ここから急に、染五郎さんが心に引っかかるようになって、極めつきは劇団☆新感線の中島かずきさん作の『阿

修羅城の瞳』を観た時であった。新感線の演し物は、いのうえひでのりさん演出で、その多くは、〝いのうえ歌舞伎〟と呼ばれ、当時から若い人たちに大人気であった。ぼくも好きでよく劇場に足を運んでいたのだが、二〇〇〇年の『阿修羅城の瞳 BLOOD GETS IN YOUR EYES』（八月大阪松竹座・新橋演舞場）は、主演で客演の染五郎さんが、主人公の病葉出門《わくらばいずも》を演ったのである。

　新感線の舞台に、染五郎さんがはまった。ほかの出演者の多くが靴を履いたりして出ているところ、染五郎さんは草履を履いて、疾《はし》り、動き、跳んだ。歌舞伎という古典芸能の型がしみ込んだ肉体が、現代的な演出のなかで、こうもうまくはまるとは。

　男っぷりもよく、色気があり、なんだかとてつもないものが始まってしまったという予感を味わったのである。

　だから、ぼくの『陰陽師』が、二〇一三年の九月に歌舞伎座で上演されることとなって、安倍晴明を染五郎さんが演じるということが決まった時には凄く腑に落ちたのである。

　いささか説明をしておきたい。

　晴明という役は、これが案外にむずかしい役なのである。どこがむずかしいのかと言うと、晴明は、あまり、喜怒哀楽を表情に出さない人間だからである。だからといって、いつもすました顔で、理性的なことばかりを口にしているわけでもない。役者としては、演じどころをどうするか、困ってしまうところがあるはずなのである。

　しかし、晴明役が染五郎さんということを聞いた時、ぼくの心配はほとんど消えてしまったと言っていい。これは、新感線の、染五郎さん演ずるところの病葉出門を観ていたからである。

　まず、立って美しい。立ち姿にも後ろ姿にも色気があって、そこに立つだけで、染五郎さんの周囲に歌舞伎空間ができあがる。それがよくわかっていたからだ。

染五郎さんならば大丈夫。

その通りだった。

晴明の相方である源博雅役の勘九郎さんも、本当に博雅のようで、晴明との掛け合いも、絶妙で楽しかった。勘九郎さんの博雅には、かなりはまった。

愛之助さんは、興世王《おきよ》という悪役を楽しそうに演じていて、松緑さんの俵藤太《たわらのとうた》と大百足《むかで》の闘いも圧巻。道満の片岡亀蔵さんは怪演で大好き。桔梗の前の七之助さんは、ますます綺麗になってゆくし、菊之助さんの滝夜叉姫も、凄みがあって、そして、なんと言っても哀しみの王こと平将門を演った海老蔵さんがすばらしかった。染五郎さんの相手として、海老蔵さんの将門があってこそ、この舞台は成立したのではないか。

首になった将門の海老蔵さんが、岩の上でからからと声をあげて笑う——ああ、こういうふうに笑うんだ、こういうふうに笑えるんだと、歌舞伎役者市川海老蔵の力と凄みを思い知らされた舞台でもあったのである。

染五郎さんの晴明に、海老蔵さんの将門、凄い舞台であったと今も時々、思い出しているのである。

稽古を見させていただいた時には、新作をわずかな時間でどうやって仕上げてゆくのか心配したのだが、幕が開いてみれば、日毎にどんどんよくなって、連日大入り。

この時の演出は齋藤雅文さん。脚本が今井豊茂さんで、今井さんはこの、『新作 陰陽師　滝夜叉姫』で、大谷竹次郎賞を受賞。

またいつか、機会があれば、歌舞伎座でも、新橋演舞場でも、どこでもいいので、ぜひ観てみたい演目となった。

この翌々年、染五郎さんには、テレビ版『陰陽師』(テレビ朝日)でも、晴明役を演っていただいている。

それで、染五郎さんとの御縁はまだ続いていて、『陰陽師』から三年後の二〇一六年四月にも、歌舞伎座で、ぼくの小説『沙門《しやもん》空海唐の国にて鬼と宴す』を原作とした『幻想神空海《げんそうしんくうかい》』の空海役を演っていただいた。

『沙門空海唐の国にて鬼と宴す』は、チェン・カイコー監督で、現在（二〇一八年）公開中の日中合作映画、『空海―KU-KAI― 美しき王妃の謎』の原作ともなっており、歌舞伎座で『幻想神空海』が上演された二〇一六年は、その撮影の真っ最中であった。

湖北省に、東京ドーム約八個分の広さをもった広大なセットが作られ、長安の街がそこに建設された。二〇一五年に、ぼくはまだ工事中のその現場を、チェン・カイコー監督に案内されて歩いたのだが、その大きさに圧倒された。朱雀《すざく》大街は、馬が十頭以上並んで走ることができるほど広く、長い。宮殿、寺院、妓楼、湖、舞台となるものの全てがそこに作られてゆくのである。

ぼくが、初めてかつての長安――西安を訪れたのは、三十五年ほど前だ。その時は、ただひとり、ザックを背負って、売れるかどうかもわからない空海の物語を書くために、見知らぬ街をうろうろした。あったのは体力だけ。帰ってきてから数年後、ぼくは空海の物語を書き出して、十七年かけて、これを完成させた。これは、奇《く》しくも、玄奘三蔵が唐から天竺まで出かけ、帰ってくるまでに費やした年数と同じだ。

あの時、西安をうろうろしているぼくの脳内にしかなかった物語、長安の街が、今、こうして現実にここで作られている。その現場を現在、六十四歳の自分が歩いている。なんという時間の不思議。そう思ったら、不覚にも涙がこぼれてしまった。

原作の長い物語を、空海と白楽天の友情の物語にして、哀しき楊貴妃の恋の物語をつむいでゆく。

映画のなかで白楽天が言う。

「李白は凄いよ。とてもかなわない。詩人として、あっちが上だ。おれは李白の下僕でもいい。しかし、おれの『長恨歌《ちようごんか》』をばかにするやつは許さない」

意訳したが、ここは、一番しびれたなあ。ほかのお客さんは、違うところで違う言葉や映像にしびれるのだろうけど、ぼくはここだった。初めて長安（西安）へ行った時の、ぼくの気持ちは、こんなだった。小説家として、どこまでやってゆけるかもわからなかった。ただ、意志だけはこぼれるほどにあった。『長恨歌』を書きあぐねて、悶々としている白楽天の気持ちはよくわかる。その分、胸に響くのである。

歌舞伎座の『空海』に話を戻そう。

この時は、

空海――七代目市川染五郎（現幸四郎）

橘《たちばなの》逸勢《はやなり》――尾上松也

白龍――中村又五郎

黄鶴――坂東彌十郎

白楽天――中村歌昇

楊貴妃――中村雀右衛門

丹翁――中村歌六

憲宗皇帝――九代目松本幸四郎（現白鸚《はくおう》）

という配役であった。

脚本は戸部和久さん、演出は『陰陽師』の時と同じく、齋藤雅文さん。

原作は、空海の時代と阿倍仲麻呂の時代とが複雑に絡み合う物語なのだが、なんと、音楽と踊りで、この複雑な過去の物語を軽々とはしょってしまう演出にはびっくり。ああ、なるほど、歌舞伎には、このような武器があったのかと再認識させられた。

幸四郎さんのフットワークの軽さが、そのまま歌舞伎の裾野を広げている。

新作歌舞伎、ぼくは大賛成。

古典があってこその新作であり、新作をやるからこそ、またそれが古典にかえってゆくのである。

平賀源内おもしろ草子

平賀源内のことを書きたくなったのは、つい最近、中沢新一さんの次のような発言を眼にしたからだ。

だけど、三味線はもともとそれ（調律）ができないんです。不安定なところから音が立ち上がってきて、また不安定なところへ入っていく、つまり一個一個の音が粒立ちして、また無へ帰っていくという海の構造をしていました。一個の音と一個の音の間に必ず海があって、その海の中へ入ると気持ちのいい雑音の世界へ入るわけで、三味線音楽ってほとんど雑音でできている。

日本の古代の音楽になるともっとすごい。笙《しょう》、篳篥《ひちりき》とか、中間的な音だけでできている。笙の音が「わ〜〜〜ん」と立ち上がって、「ふ〜〜〜ん」だけで音楽をつくる。

中沢新一さんと俳人小澤實《みのる》さんの共著『俳句の海に潜る』（ＫＡＤＯＫＡＷＡ）からの引用である。

ここを読んで、ほとんど直感的に、

「あ、これは平賀源内のことじゃないの」

と思ってしまったからである。

どういうことかという説明がうまくできないのだが、たぶん「気持ちのいい雑音」だとか、『わ〜〜〜ん』と立ち上がって、『ふ〜〜ん』だけで音楽をつくる」などという言葉に引っかかったのではないか。

まさに平賀源内は、「一個一個の音（源内の手がけたこと）が粒立ちして」いるのに、その一生はと言えば、歴史のなかの「雑音」のようなものであった。同時代人の杉田玄白などが、『ターヘル・アナトミア』を翻訳し、『解体新書』を著すといったまとまった仕事をしたことを思えば、源内がきちんとやり遂げた仕事というのは、そのやったことの幅の広さから考えた時、驚くほど少ない。

まとまった仕事と言えば、わずかに、『物類品隲《ぶつるいひんしつ》』（六巻）という物産書を出版したこと、いくつかの浄瑠璃作品や、戯作を世に問うたことくらいであろう。

源内が手をつけたことは、そのことごとくが失敗するか、ほぼ意味がないことであった。しかし、我々が源内について知っているのは、その失敗したり、意味がないような事柄をやったことであり、それは、言うなれば、歴史の雑音である。しかし、その雑音が、人々から愛された。

平賀源内は、よく、

「エレキテルをつくった」

などと言われているが、そうではない。外国から入ってきたエレキテルの壊れていたものを修理しただけである。

蓄電されたエレキテルから、火花が飛ぶのを見せものにした。しかし、見物客たちも、ただパチッと火花が飛ぶのだけを見てもおもしろくない。だから、その本番までの間は、浄瑠璃をやったり、芸人にいろいろな芸をやらせたりして間《ま》をもたせたのだが、これも失敗した。

源内が、本当にやりたかったのは、日本という国土が有する物産——鉱山の開発である。

源内は、生まれ故郷の讃岐から、二十五歳の時に長崎に遊学した。そこで源内が見たのは、外国の珍しい物産を手に入れるため、おびただしい量の金や銀や銅が、日本から流出してゆく光景であった。当時、日本から出てゆく金や銀や銅の量が、ヨーロッパの金相場や銅相場の金額を決めていたのである。まさに、その頃の日本は黄金の国、ジパングであったのである。

「このままでは日本の金や銀や銅が枯渇してしまう」

源内が生涯にわたって心に抱いていた危機感はそれであった。

そのために、鉱山の開発などにさまざま手を染めたのだが、多くは失敗であった。特に、源内にとって痛手であったのは、秩父での金の採掘と鉄の採掘である。これが思うようにゆかない。そこで、秩父でつくった炭を江戸まで運ぶ事業に手を出した。もともと金や鉄を製錬するためには大量の炭が必要であり、鉱山のために用意した炭つくりのシステムをそのまま利用したのである。

秩父で製錬した金や鉄を運ぶため、荒川の上流から江戸まで、通船するために川にも手を加え、伊豆から炭焼きの人間まで集めていたのである。

しかし、源内、これにも失敗した。

これが明和の頃だ。

というわけで、ここからが歌舞伎につながってくるのだが、あの名作『神霊矢口渡《しんれいやぐちのわたし》』はこの時期に書かれたものなのである。

何故か。

源内、金が必要であったのである。

あちこちから借りても借りても、次々に金が出ていってしまう。そこで源内が手を染めたのが、文筆であったのである。おそらく、源内が生涯でいちばん忙しかったのが、この時期、一七六四年から一七七二年までの約九年間続いた明和年間であったのではないか（安永元年は、明和九年とカウント）。

アタック お舟
がんばれお舟
やるんだお舟
鳩溪平賀
物類品隲
松籟館藏板
負けるな お舟

明和元年の前年、『根南志具佐《ねなしぐさ》』（五巻）、『風流志道軒伝《ふうりゆうしどうけんでん》』（五巻）を出版しており、源内が書いた本、関わった出版物だけを取り上げても、その主だったもので、『火浣布説《かかんぷせつ》』、『蝦夷松前島《えぞまつまえしま》』、『浄貞五百介図《じようていごひやくかいず》』、『盲暦《めくらごよみ》』、『火浣布略説《かかんぷりやくせつ》』、『水濃往方《みずのゆくえ》』、『寝惚先生文集《ねぼけせんせいぶんしゆう》』、『長枕　褥合戦《ながまくらしとねかつせん》』（三巻）、『日本創製寒熱昇降記《にほんそうせいかんねつしようこうき》』、『痿陰隠逸伝《なえまらいんいつでん》』、『根無草後編《ねなしぐさこうへん》』（五巻）、『太平楽府《たいへいがふ》』、『物産書目《ぶつさんしよもく》』、『刪笑府《さんしようふ》』、『売飴土平伝《あめうりどへいがでん》』——そして、明和七（一七七〇）年一月に『神霊矢口渡』の江戸外記座初演と続くのである。つまり、『神霊矢口渡』が書かれたのは、この前年と思われる。

本以外のことで言えば、もう、ここに記しきれないほどの量のことをやっており、しかも、源内の周囲には、源内江戸サロンの客人として、鈴木春信、杉田玄白、前野良沢など、時代の先端で仕事をしたり遊んだりしている人間が、綺羅星《きらぼし》のごとく出入りしていたのである。しかも、そのてっぺんには田沼意次《おきつぐ》がいた。何故、源内は、これほどまでにいろいろなことに手を染め、戯曲などを書いたのか。繰り返すが、それは、金が欲しかったからだ。戯曲を書き、その収入を物産に充てていたのである。

さらに言えば、源内は、藩から出てしまった浪人である。自分で身を立てねばならない。そして、困ったことに、全てのことに才能があり、森羅万象への興味があり過ぎたのである。

『神霊矢口渡』も、金のために書いている。

もともとは、矢口の新田神社が荒廃して人も寄りつかなくなっているのを嘆いた宮司が、源内に相談して書かれたと言われているのが、この作品である。

相談されて、どうすればよいか、たちどころに源内、この仕掛けを思いついたことであろう。

「お前さんのところの神社の縁起を芝《しべ》えにしたらいい。台本《ほん》はこの源内さんが書いてやろうじゃねえか——」

これが大当たりで、たちまち社殿の修理ができてしまったというのである。

しかも、さすがにエレキテルの源内、いたるところにらしさが見える。

「大詰《おおづめ》　頓兵衛住家の場」では、

〽琥珀《こはく》の塵や磁石の針、粋も不粋も一様に、迷うが上の迷いなり

という詞が入っていて、ここは源内ファンがにやりとするところである。

実は、ぼくは平賀源内を主人公とする歌舞伎風の戯曲を一本書いている。

タイトルは『風来山人電奇噺《ふうらいさんじんエレキばなし》』という（「風来山人」というのは幾つもある源内のペンネームのひとつだ。ちなみに『神霊矢口渡』は、「福内鬼外《ふくちきがい》」というペンネームで書かれている）。

このいきさつについて、ちょっと書いておこう。

まだ勘九郎さん時代の十八代目中村勘三郎さんと、ある雑誌で対談したことがあって、その流れ上というか、勢いというか、そういうものがあって、

「台本一本書かせてください」

と、頼まれてもいないのに、ほぼ一方的に言ってしまったことがあった。

その後、何年かこのことが心に引っかかっていて、数年後に二年ほどかけて、これを書きあげた。

それが『風来山人電奇噺』である。

なんだか、勘三郎さん、舞台の平賀源内みたいに思えていた頃で、ぴったりの役どころと思って、かなりのって書いた。

好きな劇団☆新感線と、コクーン歌舞伎のテイストがいっぱい入っていて、迷った挙句にお送りしたのだが、勘三郎さんも、本当に台本《ほん》が送られてきて、おおいに困ったのではないか。

お返事をいただかないまま、勘三郎さんは故人となってしまったのだが、この原稿、今も、引き出しの奥

に眠っているのである。

ところで、俳句から始まったので、俳句でこの稿をしめたい。

平賀源内、俳人でもあった。

その晩年に、こんな句を詠んでいる。

功ならず名ばかり遂《と》げて年暮れぬ

自分のやりたいこと（物産）は、ほとんどできないまま、虚名ばかりが大きくなって、おれもいい歳になってしまった年の暮れだなあ――

という、源内の感慨である。

ほとんどあらゆることに失敗し続け、最後は犯罪者として牢死した源内。

でも、ぼくは、そんな源内が、大大大大大好きなんですよ。

歌舞伎と宝塚 そして『ポーの一族』

歌舞伎と宝塚は似ているのではないか。

これは、ぼくなどがあらためて言わなくてもいろいろな方が口にしていることであり、皆さん、前からご承知のことである。本誌でも、過去にそういう記事を載せたことがある。

強引なロジックを使えば、

「宝塚は新作歌舞伎である」

という論だって成立するかもしれないが、さすがにそこまでのことは、ぼくも考えてはいない。

宝塚と歌舞伎とは、別のものだと思っている。さりながら、似ているところ、シンクロする部分が多々あるのもまた事実である。

そのもっとも大きなところは、

「歌舞伎においては、男性の役者が、男性の役はもちろん、女性の役を演《や》り、宝塚においては、女性の役者が男性の役まで演る」

ということであろう。

この「似ている」は、一方が男性だけで演り、一方が女性だけで演るということから、逆にまた「違うではないか」という言い方もできてしまうわけで、論じようとすればまことに複雑なものがそこに生じてしまう。

いずれも、生の音楽あり、踊りあり、ケレンだって双方たっぷりもっている。

しかし、音楽にしたって踊りにしたって、一方は和であり、一方は洋の要素が強い。似ているけれども、個々を見てゆくと、真逆であるという不思議な構造を、このテーマはもっているのである。

歌舞伎だと、中村屋とか大和屋だとか屋号があるが、宝塚にも、花組、月組、雪組などの組があって、それぞれにトップスターがいて、その役者さんを中心に演目が決まってゆく。歌舞伎の当たり狂言と言えば、これはもうおそらく世界で一番上演回数の多い『仮名手本忠臣蔵《かなでほんちゅうしんぐら》』がある。これが宝塚であれば、〝当たり狂言〟はなんと言っても『ベルサイユのばら』であろう。『仮名手本忠臣蔵』には及ばぬながら、もう、二〇〇〇回くらいはやっているのではないか。ほかにも『エリザベート—愛と死の輪舞《ロンド》—』などの〝当たり狂言〟があって、ぼくはこの演目をかなりの回数観ている。

だがこの稿の目的は、歌舞伎と宝塚の似ているところ、違っているところを論ずることではない。

今回はつい先日、宝塚で『ポーの一族』を観てきたので、その話をしようというわけなのである。

宝塚の『ポーの一族』の原作は、この連載に毎回絵を描いていただいている萩尾望都さんである。これは何があっても観にゆかねばならないと思っていたら、萩尾さんからお誘いを受けて、なんと千穐楽《せんしゅうらく》をご一緒させていただいたのである。

本誌の読者のために、まず、『ポーの一族』とは何か、ということを説明しておきたい。

これは、一九七二年に『別冊少女コミック』に第一作が発表され、以来、一九七六年の「エディス」まで、足かけ五年にわたって十五話の物語が描かれた少女マンガの傑作である。途中、四十年の中断を経て、一昨年(二〇一六年)久しぶりに新作が描かれている。この新作第一作が掲載された『月刊フラワーズ』は、たちまち売り切れて、なんと雑誌としてはめったにない増刷となったのだが、この増刷分も、あっという間に売り切れとなった。

マンガに限らず、小説、映画、舞台、この世に生み出された物語はあまたあるが、そのなかでも特に美しい物語がこの『ポーの一族』であるとぼくは思っている。

主人公は、エドガーとアランというバンパネラ（吸血鬼）の少年である。

ふたりとも、見た目は少年だが、バンパネラであるため歳をとるということがない。エドガーは、永遠の十四歳を生きる少年である。エドガーとアランは、大人でも子どもでもない十四歳というなんともあやうい年齢を、時のはざまで永遠に生き続けねばならない。

彼らは同じ土地に、二年以上住むということがない。二年以上住むと、歳をとらぬということがわかってしまうからだ。ふたりと、ほんの一時知りあった者たち――少年や少女たちは老いてゆかねばならない。この差が、さまざまな物語を紡いでゆく。

宝塚の『ポーの一族』は、演出が小池修一郎さんである。いつかこの作品を宝塚でと、萩尾さんと小池さんが話をしたのは、三十年前だ。それがようやく実現したのである。

エドガー役の明日海《あすみ》りおさんがいい。

もともと、『ポーの一族』を舞台化するなら、ぼくも宝塚以外にはないであろうと思っていた。

それは、エドガーが十四歳という見た目の年齢と、時を超えて生き続けられることから、並の大人よりも大人であるという設定による。年齢的にも、見た目にも、エドガーは、中性的存在である。男でも女でもなく、大人でも子どもでもないのに、どの大人よりも長く生きている。

つまり、実年齢が十四歳である役者には、エドガーは演じようがなく、かといって、大人の役者が演じようとすると、見た目の年齢という問題が生じてしまうことになる。

これはもう宝塚しかないのである。その宝塚でも明日海りおが、見事にエドガーになっている。立ち姿の凛々しさは、まさしくエドガーで、深い泉が人の姿を得てそこに立ち現れてきたようである。

それにしても、一八六五年のイギリスから、一九六四年のドイツまでおよそ百年、これに、『ポーの一族』の何本もある短編のエピソードをうまくつなぎながら、ひとつの舞台を作りあげてしまったのは、手練れの技をもつ演出家小池修一郎さんの腕力もさることながら、いかに、小池さんがこの『ポーの一族』を愛していたかを示すものではないか。よほど読み込んでいなければ、ここまでのものはできぬであろう。

この舞台では、特筆しておくべきことは幾つもあるのだが、ここでは、ブラヴァツキー夫人について書いておきたい。

ブラヴァツキー夫人は、この舞台では降霊術の大家として登場する。エドガー一家のポーツネル男爵たちが、夫人の主催する降霊会に参加したことがきっかけとなって、一家がバンパネラであることが露見してゆくのだが、この設定は、さすが小池さんである。

ブラヴァツキー夫人は実在した女性で、世に知られているものでは『シークレット・ドクトリン』という本を書いたりしている。その世界では高名なオカルティストである。

この舞台の背景である一八七九年頃は、オカルト的な思考がヨーロッパやアメリカに溢れていた頃で、西洋の神秘主義者たちの視線が、より遠くへ、より遠くへと広がっていた時期と重なっている。ブラヴァツキー夫人は、その視線を東洋へ向けており、その東洋でも、夫人が眼をつけたのは、特にチベットであった。ブラヴァツキー夫人はチベットまで旅をし、そこで出会った聖者から、さまざまな教えを受けたということになっているのだが、実際には夫人はチベットへは出かけていない。ヨーロッパの人々の世界観が広がると、それに合わせるかのように、オカルティストたちのいう〝聖者〟の棲む場所も遠くへと移ってゆく。この時期のオカルティズムの流行がチベットだったのである。

ちなみに、この流行に乗り遅れたアダムスキーは、チベットよりさらに遠くの金星へと、〝聖者〟の居場所を移し、空飛ぶ円盤に乗ってやってきた金星人から、さまざまなメッセージを受けとったということになっている。

科学や地球についての知識が広がってゆくにつれて、神秘の地もより遠くへ、見知らぬ場所へと移ってゆき、〝聖者〟の居場所は、白鳥座六十一番星やら、果ては宇宙船の中にいるバシャールなどへと変化してゆくのだが、きりがないのでこの話はここまで。

ブラヴァツキー夫人のことであった。

ここでの重要なポイントは、このブラヴァツキー夫人、萩尾さんの原作には登場していないということだ。しかし、この夫人の登場によって、物語がダイナミックに動き、話がわかりやすくなっていることを思う時、この設定はありである。しかも、この物語の時代は一八七九年であり、まさに、ブラヴァツキー夫人が活躍していた時であり、博学な小池さんの面目躍如といったところであろう。

後半の名シーン——窓から現れたエドガーが、アランに声をかける。

「ぼくはいくけど……」

「どこ…へ」

「遠くへ」

このあたりは、舞台も原作も、ほぼ同じ台詞だ。

「きみもおいでよ　ひとりではさびしすぎる……」

エドガーが、アランを誘《いざな》おうとしているのは、遠い、遥かな旅である。限りある生命の人間が、もはや追ってくることのできない、時の彼方への旅だ。

「遠くへ」

これはまさに、若き萩尾望都がゆこうとしている旅のことだ。誰も伴走できない、ついてゆくことのできない旅。

少女マンガであれ、少年マンガであれ、そしてそれが小説であれ、いったんその道を志した者は、ただただ孤独なる旅を無限に旅するしかない。

ここで落涙。

ああ、エドガーって萩尾さんだったんだと、おそまきながら、小池さんの舞台でようやく気がついたのである。

それが証拠に、エドガーの生年月日、五月十二日は、萩尾さんの誕生日でもあるのである。

しかし、それが幸か、不幸か、我々はバンパネラではない。いつか死ぬ。そういう存在である。

しかし、作られた作品はこの世に人ある限り残ってゆく。

そんなことをしみじみ思った夜でありました。

色悪というファンタジイ

色気とは何か。

それは、

「誘いながら待つこと」

であると言ったのは、畏友ターザン山本氏である。

もと、『週刊プロレス』の編集長である。

なるほど、これは言い得て妙であり、至言である。そもそも、この言葉自体が、その色気と深みをもっている。

言葉にしないけれども、誘っている。誘っているのに、待っている。おそらく、誘っているというのも無自覚だ。自分で意識してないのに誘っている。

これって、かなり色気の本質に迫っているのではないか。

歌舞伎役者にとっても、この色気というのは必要不可欠な項目であるのだが、本稿では、まず、プロレスから入りたい。

色気は、魅力あるプロレスラーのための必要条件である。

力道山というプロレスラーが、そうであった。アントニオ猪木というプロレスラーにもこの色気はあった。強い男、あるいは強さを標榜する男の肉体、その表情のどこかに、ほんのりと香る花の匂いのようなもの。変化球を承知で言えば、全盛期の大仁田厚にも、この色気はあった。

有刺鉄線電流爆破デスマッチで全身血まみれ、傷だらけ、髪の毛からは、血と汗が混じった滴《しずく》がぽたぽたと垂れている。

ぼろぼろになった大仁田が、リング上で、マイクを握って、叫ぶ。

「誰じゃ！」

会場が、静まりかえる。

「月、星、愛、詩人やおれたちから、そういう言葉を奪ったやつは誰なんだあっ‼」

会場が沸く。

「おれは、月が好きだ。星が好きだ。愛が好きだ。恥ずかしがるんじゃねえよ。好きなものを好きだと叫ぶんじゃ、みんな……」

ここで、大仁田は、泣き声になっている。

本気で涙を流している。

涙と血をほとばしらせながら、大仁田が最大の声をあげて吼《ほ》える。

「おれは、おれは、おれはあ、プロレスが大好きなんですよっ‼」

会場が、沸点に達する。

後楽園ホールが、もう、おかしくなっている。狂気の時間。

「みなさんだって、そうでしょう」

ここで、苦しいほどの流し眼を会場に送る。

この時の大仁田には、確かにたまらぬ色気があった。

それも、歌舞伎に通ずる色気である。

プロレスが表現しようとしているのは、たぶん、おそらく、ぼくらのような物語作家がやろうとしているのと同じ、ファンタジイである。この世にないもの、この世にない幻想——それは、世界最強であったり、悪に負けない強い意志であったり、色々だが、それは、ファンタジイとして、感動が観客にもたらされるのである。

そして、歌舞伎も。

歌舞伎の舞台で、女形の役者が女を演ずる。女は、どこでどう立っても女だが、歌舞伎の場合は、男が女を演ずる。

それは、当然ながら、ファンタジイとなる。人間の脳の中に存在する女という幻想を、そこで演ずるのである。実際の女が、やらない仕種《しぐさ》、できないことまでも、舞台で男の役者が女として演ずるのである。

結果として、生身の女性よりもより女性である、本質的なもの、この世に存在しない幻想神としての女性の究極美のごときものが、そこに現出するのである。

『助六《すけろく》』の揚巻《あげまき》もそうだし、『桜姫東文章《さくらひめあずまぶんしょう》』の桜姫もそう。

というところで、今回は色悪の話をしておきたい。

またまたプロレス話で恐縮だが、プロレスには、善玉と悪玉がある。

アメリカンプロレスから生まれた言葉だ。善玉がベビーフェイス、悪玉がヒール。文字通り、善玉が正義のヒーローで、悪玉が、悪役。ルチャリブレ——メキシカンプロレスでは、善玉がリンピオ、悪玉がルード。

プロレスと歌舞伎とは、似ていると、昔からぼくは言ってきたのだが、不思議なことに、歌舞伎で言う〝色悪〟にあたる言葉がない。先の文章で、良いレスラーには色気があると言ってきたのだが、これは、歌舞伎の色悪とは違う。悪役なのに色気のあるレスラーというのは、当然のことながら、何人もいるのだが、色悪ということでくることのできるレスラーは、残念ながら思いつかない。

なつかしいところで、

「おれの邪魔をする奴は誰でも嚙み殺してやる。それがたとえおれのおふくろでもな」

と言った、流血と嚙みつき専門のフレッド・ブラッシーの名前がちらついたりもするが、うーん、やっぱり色悪じゃない。

色悪、というのは、おそらく歌舞伎が発見した言葉だ。

歌舞伎以前にも、色悪的な人物はいたであろうし、多くの物語をさぐれば、そのような人物を見つけることもできよう。

たとえば光源氏、うーん、ちょっと違うか。

『平家物語《へいけものがたり》』の平清盛でもないし、斎藤道三、松永弾正も違う。

やっぱり江戸で、やっぱり歌舞伎で、色悪という言葉が使われるようになって初めてそういう存在がこの世に出現したと言っていい。世の中の現象と言葉には、このような関係のものが多い。

言葉として名づけることによって、それがこの世に誕生する。たとえば、愛という言葉がある。男が、あるいは女性が、ある異性のことを思うと、苦しくなる。そばに居たくなる。その人のためなら死んでもいいと思う。そういう心のことを、

「愛」

と名づけた途端に、愛という現象がその言葉に結晶化する。

それまでは、その気持ちは、性欲であるとか、所有欲であるとか、他の感情と分かちがたいものとしてそこにあったはずだが、愛と名づけることによって、性欲とも所有欲とも離れて、より純粋な感情となってた

ちあらわれてくる。もしも、愛という言葉が生まれなかったら、その感情は、まだ性欲と未分化であったろう。ひとつの宗教思想の中心的な概念として純化されなかったであろう。

ここで、はっきり書いておきたいのは、その思いが純化されたあげくに、愛という言葉が生まれたのではないということだ。愛という言葉が生まれたからこそ、百年、二百年、千年かけて、その愛という言葉の中にその感情が純化されて、今日我々が使うところの愛というものになっていったのである。

愛って何よ、と己に問うてみれば、これがなかなか言語化できない。できなくていいのである。言葉とはそういうものだからだ。

色悪もそうだ。

色悪だって、

「色悪とは何か」

そう問うた時に、答えは、時代によっても人によっても様々である。

元禄の頃、水木竹十郎という若女形がいた。この竹十郎から、どうやら色悪というものが生まれたらしい。

では、その色悪の実態はというと、あらあら不思議、なかなか上手に言葉にならない。

色悪の代表的な人物と言えば、『東海道四谷怪談』の伊右衛門《いえもん》、『色彩間苅豆《いろもようちょっとかりまめ》』の与右衛門であろう。

ひと言で言えば、色気のある悪役。

美しい男が悪人で、残虐非道。

しかし、伊右衛門にしたって、与右衛門にしたって、見方を変えれば、女にだらしないだけの、いいかげんな男だ。

けれども、色々なアンケートや、女性の発言を思い出すと、

「ちょっと悪っぽいところがある人が好き」

なんて、平気で言っている。

これは女性で言えば「小悪魔」だが、歌舞伎の色悪はもうちょっと凄まじい。人を殺したり、残虐なことをする。実際にいたら、どうしようもない人物であるのだが、ここが歌舞伎の魔法だ。その魔法をかけるのは、役者である。片岡仁左衛門さんの与右衛門、かさねとも、その母の菊とも情を通じている。菊の夫を殺したのも、与右衛門である。極悪人と言っていい。

これが、色悪として、成立してしまうのは、演ずるのが仁左衛門さんだからである。

ここに、色悪という、悪役でも善玉でもない、第三の存在を、舞台上に出現させてしまうのである。設定だけでは、色悪は舞台上に出現できない。それを具現化する役者の肉体や、技術、そういうものがあって初めて、色悪が舞台上で見えるものになってくるのである。

ファンタジイを観客に見せてしまうのである。

歌舞伎のもっている底力、生身の役者のオーラの凄さが、ここにあるのである。

この色悪、伊右衛門や与右衛門については色々な方が発言しているので、ぼくはここでは『女殺油地獄《おんなころしあぶらのじごく》』の与兵衛をあげておきたい。それも、仁左衛門さんの与兵衛である。仁左衛門さんの与兵衛は何度か観ているのだが、やっぱり圧巻は、お吉を殺す場面。この狂気というか、最初は必死でお吉を殺そうとしているのに、与兵衛、明らかに途中からこの殺しを楽しんでいる。それが見える。記憶で恐縮だが、たぶん、殺しながら笑っていると思う。

ここが凄い。仁左衛門さんだからますます凄い。この時の油まみれの仁左衛門さん、究極の色悪美があると思うのだが、いかがであろうか。

コクーン歌舞伎よ　どこまでゆくか

かつて、お笑いの世界では、歌舞伎や芝居の演目をテーマにして、芸人が相方をいじるというシーンがよくあった。

「赤城の山も今宵かぎり……」

の国定忠治《くにさだちゆうじ》ものは、本当によくやられていたし、落語の中にもしばしば芝居のことは出てくる。『与話情浮名横櫛《よわなさけうきなのよこぐし》』の「玄冶店《げんやだな》」のシーンも、お笑いのグループが時おりこれをネタにしては笑いをとっていた。

残念ながら、子どもの頃のことなので、どのお笑いグループであったか、はたまた落語であったのかはもう覚えていないのだが、まだ記憶に残っている台詞がある。

与三郎と蝙蝠安《こうもりやす》が、お富のいる家へやってきて、与三郎が言うおなじみの台詞——

「ええ、ご新造さんへ、おかみさんへ、お富さんへ、いやさこれお富、ひさしマグロだなア」

ここで、

ん?

と考えて、

「……ひさしイワシだなア」

ん？

「ひさし、サンマ、ひさし……」

ここで頭を叩かれて、

「ひさしブリだなア」

魚づくしで笑いをとるという、今から考えればまことにのんびりとした、いい風景がお笑いの世界にはあったのである。

これが、たぶん、ぼくにとっては『与話情浮名横櫛』の最初の体験であったのではないか。いや、それより先に、もしかしたら、春日八郎の、

〽粋な黒塀　見越しの松に
仇な姿の　洗い髪
死んだはずだよ　お富さん
生きていたとは　お釈迦さまでも
知らぬ仏の　お富さん
エーサオー　源冶店

が、ちょっと先であったたか。

こんなぐあいに、歌舞伎はよく、お笑いや歌のネタにされた。それは、ネタにされる歌舞伎の演目が、広く一般に知られていたからである。

歌舞伎や芝居が、みんなの娯楽として大きな比重を占めていたということであろう。

ちなみにこの玄（源）冶店、店の名前ではなく、日本橋にあった通りの名前、あるいは地名である。

何故、こういう話題から入ったかというとつい先日、コクーン歌舞伎『切《き》られの与三《よさ》』を観てきたからである。

今年（二〇一八年）で第十六弾。ぼくは一九九四年の『東海道四谷怪談』から、五代目勘九郎（十八代目勘三郎）さんが亡くなられるまで、かなりの演目を観ている。この稿を書くにあたって、当時の筋書《すじがき》を捜してみたのだが、これがどうしても見つからない。そのかわり、第二弾として、一九九六年に上演された『夏《なつ》祭浪花鑑《まつりなにわかがみ》』の筋書が出てきた。

なんと、すっかり忘れていたのだが、この筋書に、ぼくは勘九郎さんから頼まれて、原稿を書いていたのである。

それを、以下に紹介しておく。

たった一度で〝コクーン歌舞伎〟という呼び方がすっかり定着してしまった感がある。

一九九四年の『東海道四谷怪談』は、まことに大傑作。上手な役者があそこまできっちり歌舞伎をやってくれた果てに待っていたあのカタルシス。あれこそ現代の新しい歌舞伎のひとつの方向性であろう。何よりも舞台の役者が楽しんでいるというのがよい。勘九郎は生き生きとしておもしろく、伊右衛門の橋之助などは、セクシーで悪人の色気まであり、これには眼をむいて驚いてしまった。

コクーン歌舞伎を、おれは断固として支持したい。

今年もやるというなら、何を措いても観にゆくつもりでいる。楽しいからである。

第三弾をやるなら、高田文夫師匠やビートたけし師匠も巻き込んで、こうなればおもいきり派手にぶちかましてしまえばよろしい。

そうなったら、おれは、自費で百席買い込んで観にゆくぜい。

今読んでも熱いメッセージである。

それほど、一回目の『東海道四谷怪談』がおもしろかったのである。その興奮が第二弾まで残っていたのである。なにしろ、ラストシーンで、役者たちみんなが、雪の中を泳ぐのである。クロールしたり、平泳ぎをしたり、これでもかこれでもかと落ちてくる雪の中で、嬉々としてみんなが泳ぐ。これは衝撃だった。

「あ、始まっちゃった」

そう思った。

今、この時、この瞬間に、歌舞伎の新しい何かが始まってしまった。その現場に、今、自分が目撃者として立ち会っている。

あの時の観客としての高揚感は、今でも思い出す。

生の演劇を観る至福、幸せというのはまさにこのようなことなのであろう。

そもそもは、玉三郎さんを観に行っているうちに、勘九郎さんのことも気になり出して、コクーンまで足を運んだのである。

「自費で百席買い込んで観にゆくぜい」とぼくが書いたのが、打ち上げの席か何かで話題になって、のちに勘九郎さん御本人から、

「そんなら百席買ってもらおうじゃないの——って話になっちゃって」

と言われたことを思い出した。

「もちろんいいですよ」

迷うことなくぼくは言いましたよ。

いや、本当に、コクーン歌舞伎に、ビートたけしさんまであがるんなら、百席買い込んで、友人みんなを

招待しようって、本気で思いましたよ。

ああ、思い出してよかった。

この稿を書こうと思わなければ、思い出すことなく、記憶の彼方に消えてしまうエピソードだったのではないか。

というわけで、今回のコクーン歌舞伎、『切られの与三』だ。

コクーン歌舞伎が始まった時は、まだ、十歳か十一歳だった中村七之助さんが与三郎を演《や》った。

女形でない七之助さんがいい。今、観るたびに上手になってゆく役者を楽しむんだったら、七之助さんだろうと思う。凄いのは、これだけすぐれた演技をしているのに、まだ伸びしろがあるのが見えることだ。

今回で言えば、おなじみの玄冶店のシーンでは、すっきりきっちりと名台詞をこなしながら、笑いをとりにゆく間《ま》も、ゆとりもある。さらに言えば、与三郎、かなりだらしがなかったり、非情であったり、多面的な性格をもっている。

正直に告白しておけば、これまでぼくは『与話情浮名横櫛』は、「玄冶店」のシーンしか観たことがなくて（原作とは違っているにしても）、与三郎がこれほど多面的な要素をもっている人物であるとは知らなかった。

その与三郎を、場面場面できっちり立ち上げてくるのは、七之助さんの成長であろう。

この原作について、補綴《ほてい》の木ノ下裕一さんが、

「まるで終わりのない悪夢のようじゃないか……」

と、筋書の中で書いているが、この言葉が、観劇する時のよい標《しるべ》となった。

串田和美さんの演出で、与三郎やお富が軸組みされた門、戸、建物、境界を象徴する枠を次々とくぐってゆく。このタイミングや、複雑な動きが、ゆけばゆくほどどんどん迷宮の奥へと入ってゆく底なしの落下の

ように見えて、逃げれば逃げるほど悪夢の底深く沈んでゆくような怖さがあった。

一番ぞっとしたのは、与三郎がつん助を殺すシーンで、ふいに、橋の上にお富が現れるところ——

「人とはなかなか死なないものだから、殺す時はひとおもいにね……」

お富が言う。

これはもう、生身のお富というよりは悪夢のお富、与三郎の中に棲みついてしまったお富の台詞である。

ああ、もう、お富も与三郎も、すでにさだかでない境界を越えて、この世でない場所の住人となってしまったのかと思わせるシーンである。

これが怖い。

それは、たぶん、誰の心の中にもある、夢の中で覚えのある台詞であるからであろう。

現代における、多くの事件や、でき事の背後にも、きっと、この声は響いたのであろう。

人が、境界を越えてむこうの世界へ行ってしまう時、誰でもそういう声を聞くのではないか。そのむこうは、もしかしたら、この現代かとも見えてくる大道具。

久しぶりのコクーン歌舞伎であったが、串田さんはやっぱり凄い。

コクーンは、ここまでやってきて、これからどこまでゆくのか。

たぶん、ゴールはない。

ただただ、与三郎とお富のように、我々は、行き続けることしかできないのであろう。

芸事であれ何であれ、どこかにおしまいはない。

我々ができるのは、何かをし続けること、やり続けることであろう。

それをしみじみと感じた、今回のコクーン歌舞伎でした。

御用
御用
御用

第二部❖特別対談

夢枕獏×萩尾望都

『花歌舞伎徒然草』連載のきっかけ

夢枕　この本は歌舞伎雑誌『演劇界』で二〇一七年六月号から二〇一八年八月号まで連載したエッセイをまとめたものです。僕がいつもお世話になっている今井田さんという小学館の編集者が、ちょうど小学館の関連会社である演劇出版社に兼務で取締役として『演劇界』の編集長をやることになったんですね。それで「連載を一本やってくれないか」と言われて「萩尾さんと一度一緒に何かやりたいんだ」と提案をしたんです。
萩尾　ありがとうございます。
夢枕　萩尾さんが受けてくれて、一年と三か月の間、毎回挿絵をくださって。いつも僕が文章をとにかく先に書くんです。今井田さんが萩尾さんのファンで、締め切りぎりぎりで原稿を出すと萩尾さんがたいへんだということで、けっこう締め切りが厳しかったんですよ。「もう萩尾さんに時間がありません」「それはたいへんだ」と、一生懸命書いて。騙されて書いたかなという気持ちも、まだちょっと拭《ぬぐ》えないんだよね（笑）。
萩尾　優秀な編集者ですね（笑）。
夢枕　そんな状況だったから、あらかじめ何を描いていただくかご相談もできなくて。描いていただきたい絵があると、「このネタを書けばこういう絵がくるかな」と少し期待して文章を書いたりもしました。初回「花の速度をもつ人」の『鷺娘《さぎむすめ》』だったり、歌舞伎ではないんですが、『ポーの一族』（「歌舞伎と宝塚 そして『ポーの一族』」）。ちょうど宝塚で上演されたので、そのネタで書いたら、やっぱりちゃんとあのエドガーとアランを描いていただいたりして。毎回萩尾さんの絵を拝見するのが楽しみでした。本当に感謝しています。
萩尾　連載の中で印象に残っているのが『翁』を描いた「摩多羅神《またらじん》あれこれ」の回です。『翁』を観たことがなかったので、インターネットでいくつか動画を観て描きました。『三番叟《さんばそう》』はすごいですね。千歳《せんざい》がいて、翁がいて、三番叟がいて、最後に三番叟が黒式尉《こくしきじょう》の面を付けて踊る。三人の関係性や組み合わせがとても面白い。三番叟の、ちょっと不思議な鳥の模様が入っている衣裳も素敵でね。全部描き上げて、消しゴムをかけてベタを塗ってトーンを貼ってホワイト入れて置いてみたら、思った以上に翁が存在感がある神々しいキャラクターになって。これは貼っておくとご利益があるんじゃないかと思ってしまった（笑）。あれはちょっと不思議な経験でした。

夢枕　プロレスの絵も描かせてしまいました。

萩尾　プロレスの技の名前を知らないものですから、じっと動画を見まして。腕はどこに入っているのかしら、とか。知らないことをやるのは面白いですね。この連載で歌舞伎のこともずいぶん勉強させていただきました。

夢枕　あららら。

萩尾　奥が深いですね、歌舞伎は。中でも気になったのが「色悪《いろあく》」。自分の欲望のために女房やお世話になった娘を殺したりしますが、なぜか人気がある。あれ、人間の心理として実に面白いなと。

夢枕　また悪い奴ほどいい男が演じる傾向もありますね。たとえば仁左衛門さんが演《や》った『女殺油地獄《おんなごろしあぶらのじごく》』の油屋での殺人。仁左衛門さんが格好よくて、場面場面が全部絵になっている。玉三郎さんがお吉を演っているのを何度か観ましたが絶品ですね。

萩尾　あれはひどい話ですよ。お世話になった油屋の女房を滅多殺しにしちゃうんですから。

夢枕　殺しを決意したら容赦ない。

萩尾　宇野重規《しげき》さんによるフーコーの『性の歴史Ⅳ　肉の告白』の新聞書評を読んでいたら、ちょっと面白い一文がありまして。人間は自我というものを理性的に捉えようとしているんだけれども、性衝動や欲望の面で、自己が自己を裏切る感情がある、という内容で。それは言い得て妙だなと。自分で自分を抑制できない部分がある。そのバランスが魅力的になってしまうんですかね。

歌舞伎の魅力

夢枕　萩尾さんはいつ頃から歌舞伎をご覧になっていたんですか？

萩尾　昔、先代の猿之助さんがスーパー歌舞伎をやっていた頃に、「歌舞伎は面白いから観に来ない？」と友達のいまいかおるさんに誘われて観るようになりました。彼女は猿之助さんの大ファンで。

夢枕　『ヤマトタケル』とか？

萩尾　そうです。『オグリ・小栗判官』とか。普通のストレートプレイやバレエは好きでよく観ていたんですけれど、歌舞伎を初めて観たときには何を言っているかがわからなかった。いまいさんに訊いたり、イヤホンガイドを借りたりして、だんだん口調に慣れていきました。

夢枕　じゃあ猿之助さん専門にご覧になっていたという感じなんですか？

萩尾　ええ。そして貘さんと知り合ってからは今度は玉三郎さん中心に（笑）。貘さんに初めて歌舞伎のお誘いを受けたときに「玉三郎さんを観に行きましょう」と。そのとき松本隆さんとイラストレーターの天野喜孝さんと、「玉三郎追っかけ隊なんです」と言ってらした。

夢枕　僕はずっと玉三郎さん一本だったんです（笑）。玉三郎さんに最初の取っ掛かりをつくってくれたのは天野喜孝さんと編集者の安藤和男さん。お二人が先に玉三郎さんを知っていて、連れて行ってくれたんです。花道を玉三郎さんが本舞台から通ってくるときに、異空間が移動してくるというか、空間構成が彼の周囲だけ違うなという気がしました。一人だけ特異点みたいに張りつめていた。それが最初のインパクトで、だんだん玉三郎さんの怪しく美しいところが好きになっちゃった。で、玉さんを追っかけていたら、勘九郎（十八代目勘三郎）さんを好きになって、いつしか歌舞伎全体に馴染んでいた、と。

萩尾　そうそう、「圓朝と歌舞伎」で書いていらした、談志が「うまい！」ってかけた声を私も聞いているんですよ。ご一緒したのかしら。積年のお客さんはいいタイミングで声をかけるんだなと思いながら聞いていました。わかってくると歌舞伎って本当に奥が深くてどんどん面白くなっていき、いつまでも飽きることがない。最近では、野田秀樹さんが『研辰《とぎたつ》の討たれ』や『愛陀姫《あいだひめ》』『桜の森の満開の下』などを演出なさいましたね。歌舞伎の役者さんが野田さんの演出で歌舞伎の舞台に立って演っているのを観て、改めてめっちゃくちゃうまいんだと感じました。

夢枕　みんな、技をもっているんですよね。

萩尾　全部うまい。間《ま》のつくり方が徹底していて。すごかったなあ。

夢枕　今は歌舞伎役者も存分にテレビドラマにも出ていて、たとえば『半沢直樹』でも当代の猿之助さんや中車《ちゅうしゃ》さん、愛之助さんたちが活躍しましたね。そこから歌舞伎を観に行く人も増えたとか。

萩尾　中車さんもいいですね。人気者になって嬉しい。どんどんみんな舞台を観に行ってほしいです。

宝塚とプロレスの共通点

夢枕　僕が宝塚を最初に観たのは、一九九七年の『エリザベート』、萩尾さんに手を引かれてですね。

萩尾　はい。獏さんが『本朝無双格闘家列伝』を出版されるにあたって、本にはさむリーフレットに「獏さん、プロレスもお好きだけど、宝塚もいいと思うから宝塚を初体験してみませんか」と書いたんですよね。この頃に獏さんに連れられて初めてプロレスを観させていただいて、そのお返しに宝塚へとお誘いしたんです。

夢枕　そうでしたか。プロレスのお返しでしたか。

萩尾　そしたらね、獏さんが面白いことおっしゃるんですよ。「歌舞伎も宝塚もプロレスも同じなんだよ、萩尾さん」って。

夢枕　プロレスってリングの上にファンタジーをつくるのが仕事なんです。決してどっちが強いかを決めるリアルな勝負をやってるわけじゃなく、役を型やアドリブで演じている。プロレスの型と宝塚のもっている型、様式が近いのでは、とお話ししたんじゃないですかね。

萩尾　はい。会場で、そう解説していただいていたらプロレスラーの皆さんが金や黒のきらびやかなガウンを着てやってくるじゃありませんか。バッとロープをジャンプして越えてリングに上がって、バッとガウンを脱いで振り回して。そういう晴れやかな見せ場が宝塚や歌舞伎と同じで。人間って、お客さんがたくさん入って集中しているときには、やっぱりいろんなサービスをしてくれるんだなと思いました。

夢枕　僕、宝塚でびっくりしたのはですね、フィナーレというショーです。『エリザベート』もそうなんですけど、エリザベートが死んで本編が終わった後にショーが始まり、最後ににこにこして羽根を背負って大階段《おおかいだん》からみんな降りてくるんですよ、さっき悲しく死んでいった人が。どんな悲しいラストがあってもあの大階段から楽しそうに降りてくるシーンで全部消えて、お客さまは全員楽しい演《だ》し物《もの》だったなと言いながら劇場から出ていくというシステムができあがっている。すごいなと思いましたよ。

萩尾　あのフィナーレがね、楽園、ユートピアなんですよ。物語のなかで死んでしまっても、どこかのユートピアで復活するんですね、みんな羽根をもって。

夢枕　一度死んだ人が天国みたいなところで仲良くやってるんだな、と。だからよかったなと思うんですよ。

萩尾　あそこで全部気持ちが昇華されて、また日常に戻っていけるわけだから。それはお能でもそうですよね。死んだ人が昔語りで出てきて、慰められて、また橋を渡って帰っていく。

翁・縄文・芸能探検隊

夢枕　能といえばですね、最近『三番叟』が気になって気になってしょうがないんですよ。今度機会があったら行きましょうよ。

すよね。

萩尾　『三番叟』と一連の演目というのは、深く掘り下げていくと獏さんの縄文の話と通じるところがあるんで

夢枕　そうなんですよ。翁は縄文の神様に由来するのでは、とずっと思っています。

萩尾　『縄文探検隊の記録』（集英社インターナショナル新書）というご本で、縄文世界について考古学の岡村道雄先生と対談していらっしゃいましたね。

夢枕　あれはね、「縄文探検隊」を組織して、いろんな縄文遺跡に行かせてもらった企画です。今度は「翁面を探して」という企画をどこかでやってくれないかなと思ってます（笑）。縄文のお面って、翁の面にそっくりな渦の模様が描いてあるんです。

萩尾　ぐるぐるとね。

夢枕　他にも鼻が曲がっている土面《どめん》があるんですけど、徳川美術館にある翁の黒式尉の鼻も曲がっているんですよ。だから縄文の土面が神楽《かぐら》面を経て、岩手県かどこかで竈《かまど》面に変身したりしながらも、最終的に翁面になったんじゃないかと。この仮説を証明したいんです。

萩尾　面白いですね。ぜひぜひそれは探っていただきたい。翁といえば、奈良県に談山《たんざん》神社という神社がありますね。あそこで二〇一二年から毎年五月に、能楽を奉納する「談山能」が行われていて。その第一回のときにご縁があって観に行ったんです。談山神社から見つかったという古い翁の面を梅若玄祥《うめわかげんしょう》さんが付けて『翁』を演じられました。すごくよいものを見せていただきました。

夢枕　いいなぁ。夜やったんですか？

萩尾　私が観に行ったのはお昼。お堂の端っこに座って観能していましたが、山から風がびゅうびゅう吹いてきて、入口の幕をひらひら揺らすんですよ。神様も一緒に観ているという感じでね。

夢枕　神社やお寺で行われる芸能って、ときどきすごい瞬間がありますよね。

萩尾　そうですね。そこの神社にも獏さんが書かれていた後戸《うしろど》の神様の祠がありましたよ。

夢枕　摩多羅神の？

萩尾　はい。誰でも観られるんですよ。小さなお人形さんで。

夢枕　観に行きたいな。僕は今年の三月に東大寺のお水取り（修二会《しゅにえ》）に行ってきます。毎年三月の一日から十五日にいろんな儀式が行われるんですが、これが千二百七十年の間、一度も途切れていないんです。

萩尾　うわあ。

夢枕　一度も途切れていないということは、千二百七十年前とほぼ同じ形で残されているということ。正倉院みたいに昔からの宝物を儀式の中で、音楽や様式や、思想としてそのまま保存しているような、すごいできごとがそこにある。聖武天皇たちが見ていたであろう儀式、シルクロードを通ってきた様々な何かの気配が微粒子のように残っていて、いいんですよ。

萩尾　儀式といえば、私、春日大社の若宮おん祭に行ったことがあります。十二月の寒いとき。若宮神社の神様が一日だけ若宮から出てきて、お旅所《たびしょ》にいらっしゃる。そこで一日中流鏑馬《やぶさめ》やお神楽、田楽などを奉納するんです。あれは武士と貴族の芸能のせめぎ合いみたいなところ、境目に存在するような儀式だなと思いました。

夢枕　一日って朝も昼も夜も？

萩尾　そうです。前は神様がお遊びにいらしてから二十四時間寝ないでやっていたらしいんですけど、さすがにこの頃は朝の九時頃から夜の十一時頃までとうかがいました。

夢枕　神様は大丈夫かもしれないけど、人間は疲れちゃう。

萩尾　みんな大変。

夢枕　そういえばお水取りのほうは、神名帳《じんみょうちょう》の読み上げといって、全国からいろんな神様を勧請《かんじょう》するんですが、そのときに声をちょっと小さくして「御霊《ごりょう》」、恨みをのんで死んだ早良《さわら》親王や、天神様になった菅原道真、さらに陰陽道のほうでは天一神《てんいちじん》という極めつけの怖い神様なども勧請するんですよ。狼という縄文の神様としか思えない名前もある。疫病退散の祈禱のために。

萩尾　おもてなしをする?
夢枕　はい、おもてなしをして「どうぞ疫病を流行らせないでください」とお帰しするんですよね。萩尾さん、今度、縄文探検隊に加わりませんか?　芸能探検隊もいいかな。普通では見られない芸能を観に行く。
萩尾　いいですね。年に一回ご開帳する秘仏や儀式とか。楽しみができました。

※二〇二二年版ミュージカル『ポーの一族』を観劇して

夢枕　この二月には『ポーの一族』東京楽日《らくび》をご一緒させていただきましたね。ありがとうございました。
萩尾　おつかれさまでした。
夢枕　明日海《あすみ》りおさんのエドガー、いいですね。素晴らしい人がちょうどこのタイミングで演じてくれた、と感じました。
萩尾　本当に、いてくださって。二〇一八年、宝塚でも明日海さんエドガーで『ポーの一族』をやりましたけど、今回は男女混合の舞台になって別の厚みが出てきて、とても面白い舞台でした。
夢枕　ねえ。男性の役は基本的に男性が演じていて、明日海さんだけが女性で男性役を演じている。彼女の声は男性のように太くなく、しかし、あやしい色気もあって、少年で男性であるエドガーにちょうどいい。実に素敵な声だったと思います。
萩尾　本当にそのとおりで。まだ頭の中に歌と音楽が流れてきます。
夢枕　幸せそうなお顔をしていましたよ。
萩尾　はい。お客様もみんな幸せそうな顔をして。
夢枕　僕、老ハンナとブラヴァツキー夫人もよかったんですよ。後でパンフを見たら、どちらも涼風真世《すずかぜまよ》さんが演じられていたと知って驚きました。上品な老ハンナと、かなり特異な存在のブラヴァツキー夫人を見事に演じ分けていらした。知ってたらご挨拶に行ったんですけど。僕ね、涼風真世さんの釣りの師匠なんですよ。

萩尾　あれ?!

夢枕　昔、一九九六年頃に、ＮＨＫの『オトナの遊び時間』という番組で、ワンクールずっと涼風真世さんと伊集院光さんとご一緒したんです。三人で遊びの達人のゲストを迎えて話をうかがうんだけど、右も左もわからない中、お二人が僕を助けてくれました。その後、涼風さんが釣り番組の企画で夢枕と釣りをしたい、とおっしゃってくださって。

萩尾　おお！

夢枕　一緒に釣りをしました。もうだいぶ前ですね。四国の川をご案内しました。そういうわけで本当に僕は楽しかったです。萩尾さん、また行くんでしょう?

萩尾　はい、名古屋の御園座《みそのざ》に大千穐楽《おおせんしゅうらく》を観に行きます。

夢枕　いいですね。羨ましいですね。僕ももっと通いたいな。

萩尾　お席に余裕があれば毎日通うところですが、そうなると、仕事が何もできなくなります（笑）。

『ポーの一族』秘話

萩尾　『ポーの一族』の執筆を再開できたのは獏さんのおかげなんです。

夢枕　ありがとうございます。

萩尾　こちらこそありがとうございます。ときどき獏さんと会って漫画の話をしてると、「『ポーの一族』の続きはもう描かないの?」と。で、ここが肝心なんですけどね、「僕、読みたいな」っておっしゃるんです。その「僕、読みたいな」の一言にほだされてしまってね。獏さん、甘え上手ですね。

夢枕　僕、そういうところ上手なんです、本当に（笑）。

萩尾　この「僕、何々したいな」という一言を口に出せずに損をしている男子って、たくさんいると思うんですよ。獏さんはそこが素直というか、本当に上手い。そんなわけで私は、獏さんが読んでくれるから描いてみようかなと思っていたんですけど、ちょうど『月刊フラワーズ』という雑誌から「何か描きませんか」とお話をいただいたものですから、よし、番外編で十六枚くらい描こうと思って。

夢枕　それで長くなっちゃった。

萩尾　はい。ページをもらって、第二次世界大戦中にエドガーとアランは戦火を逃れて何をしていたか、と資料をさらっていったんです。戦況の情報を織り込み、さらに登場人物がエドガーとアランだけではつまらないからドイツからイギリスに避難してきたユダヤ人の少女を会わせた途端に話が広がってしまいまして。

夢枕　それはね、萩尾さん、僕としては大変ありがたい現象です。

萩尾　その現象を引き起こしたのは獏さんの「僕、読みたいな」の一言です。あまりプレッシャーをかけずに待っていてくれる。

夢枕　僕だいぶ前に萩尾さんに「『ポーの一族』はもう描かないんですか」と尋ねたときに、アイデアがあるとおっしゃったことがありましたが、あれは今の『春の夢』『ユニコーン』『秘密の花園』のことなんですか？

萩尾　いや、あれからずいぶんスライドしたので、アイデアはアイデアでまた別なんです。

夢枕　あ、そうなんですか。『小鳥の巣』というギムナジウムを舞台にしたエピソードで生徒のキリアンが、エドガーに噛まれたマチアスにちょっとだけ噛まれてしまう。僕は、これずっとアランがマチアスを噛んだと思い込んでたんですが、エドガーでしたね。でも、なりゆきからしてアランもマチアスの血、飲んでますよね。そしてラストのページで「バンパネラの血はキリアンの体内に深くしずんで存在した　それは潜在的な因子として子孫にうけつがれてゆき……」

萩尾　はい、思わせぶりに（笑）。

夢枕　「それはもっとのちの話となる」と締めくくられていて、ついにこの物語につながったのかな、と思っていたんですけど。

萩尾　キリアンのエピソードは、ヴァン・ヴォークトが書く宇宙スペース物のような、ＳＦヴァンパイア物にしたいというイメージがあったんです。でもちらっとよぎったくらいで、全然動いてないのです、はい（笑）。誰か描いてくれるといいなあ。

夢枕　一連の新作はアラン復活のお話ですよね？　一月にＮＨＫで放送された『１００分de萩尾望都』でのインタビューでもおっしゃっていました。

萩尾　そうそう。いずれは復活させようと思っていますけど、アランに「どうやって復活したの？」って訊いても、まだモショモショ言っててよく聞こえないんですよ。もう少しで聞こえてくると思いますけど（笑）。

夢枕　でも『ポーの一族』は、未来のことを描いて、また過去のことを描いたりするのもアリなので、もう復活しちゃったところをやっちゃってもいいかなと（笑）。あるいは、アラン復活にキリアンの血が役にたつのではないかと。

萩尾　本当にそうですね。描けるうちに描こうと思います。

自作と舞台

夢枕　『ポーの一族』の舞台は、演出家の小池修一郎さんが熱望し続けて実現したそうですね。小池さん、僕のも舞台化してくれないかな（笑）。でも僕の作品で宝塚っぽいものってあまりないんだよね、『陰陽師』くらいで。

萩尾　今から一本書くというのはどうですか？　宝塚っぽいの。

夢枕　え？

萩尾　「え？」ですよね（笑）。

夢枕　これは夢の話だな（笑）。

萩尾　『翁』を宝塚っぽくするとか？　あれは恋愛物だから。

夢枕　ああ、なるほどね。やっていただけるんなら何か書き下ろしてもいいかな。

萩尾　わあ！

夢枕　絶対やるんだったら（笑）。恋愛要素のある『陰陽師』みたいな作品をね。『陰陽師』は、あと一回、歌舞伎でも観たいですね。それから本当は去年ね、いくつか企画があったんですよ。某男性アイドル系の人たちがやる『陰陽師』とかね。コロナでみんな流れちゃいました。また来年やってくれないかな。

萩尾　きっとかっこいい晴明と博雅でしょうね。

夢枕　舞台って本当にいいですよね。生の役者さんがいて、そこで息をしながら動いたり声を出したりしているって最高です。しかもそれが自分の作品だったりしたら堪《たま》らないですよね。

萩尾　そうですね、わくわくしてどきどきして、頭がぱやぱやしてしまいますね。「ここはどこ？　私は誰？」というふうになってしまいますね。

夢枕　本当にね、世界一の幸せ者ですよね、その瞬間って。

（二〇二一年二月二十日）

◉ ◉ ◉

夢枕獏　ゆめまくら・ばく
1951年神奈川県生まれ。代表作に「キマイラ」シリーズ、「魔獣狩り」シリーズ、「餓狼伝」シリーズ、「陰陽師」シリーズなど。『上弦の月を喰べる獅子』で1989年第10回日本SF大賞、『神々の山嶺』で1998年第11回柴田錬三郎賞、『大江戸釣客伝』で2011年第39回泉鏡花文学賞、第5回舟橋聖一文学賞、2012年第46回吉川英治文学賞など受賞多数。2017年第65回菊池寛賞、第21回日本ミステリー文学大賞受賞。2018年紫綬褒章受章。

萩尾望都　はぎお・もと
1949年福岡県生まれ。『ポーの一族』『11人いる!』で1976年第21回小学館漫画賞、『残酷な神が支配する』で1997年第1回手塚治虫文化賞マンガ優秀賞、『バルバラ異界』で2006年第27回日本SF大賞など受賞多数。2017年朝日賞受賞、2012年紫綬褒章受章、2019年文化功労者選出。

初出
第一部　『演劇界』二〇一七年六月号～二〇一八年八月号に連載
第二部　本書のための語り下ろし

◉ ◉ ◉

花歌舞伎徒然草《はなのかぶきよもやまばなし》

二〇二一年六月二〇日　初版印刷
二〇二一年六月三〇日　初版発行

著者　夢枕獏
絵　萩尾望都
発行者　小野寺優
発行所　株式会社河出書房新社
〒一五一－〇〇五一
東京都渋谷区千駄ヶ谷二－三二－二
電話　〇三－三四〇四－一二〇一（営業）
〇三－三四〇四－八六一一（編集）
https://www.kawade.co.jp/

装丁・本文設計　白座（Fragment）
印刷　株式会社亨有堂印刷所
製本　小泉製本株式会社

Printed in Japan
ISBN978-4-309-29143-7